U0088247

「我不想再讓她受罪了，她的回憶太可悲，
一個人孤獨的戰鬥，到底是為了什麼？」

——「平凡的少年・席恩」——

鬼少女

MAO

STARK

Characters 人物介紹

玲愛　十四歲

害羞內向的性格，生氣的時候，用詞就會特別衝動、不計後果。與席恩同校小一屆的學妹。

小焰　未知的年齡

被封印在古書裡的妖精。別名是「閻婆婆的死亡筆記本」，也是她的魔力來源。

莉絲　十五歲

與席恩是雙胞胎姊弟關係。對自己的弟弟有種異於常人的關愛。學校裡的風雲人物，也是眾人追求的目標。

席恩　十五歲

運動平平、成績平平，沒有任何優點集於一身，只是比較喜歡小動物而已，卻因爲救了一隻黑貓，意外地捲入某個事件中。

人物介紹 Characters

萍　二十七歲

渡船機構中，說話很直接的女人，常常看不起做事軟弱的玲愛而責罵。其實心裡有著溫柔的一面。

史密斯　未知的年齡

凱特婆婆的手下，非常理性且聰明能幹。在紳士的外表下也有強悍的未知能力。

閻婆婆　未知的年齡

掌管地獄所有運作的閻羅王，非常小心眼，不喜歡聽到批評的話，最喜歡把反對她的人變成畜牲或是趕到黃泉城外服役。

狐狸爺爺　未知的年齡

和藹可親的老爺爺，居住在讓人害怕奈落世界裡，卻沒人知道原因。

1

「席恩……」

「席恩……」

睡夢中，總是會聽到一位女孩的呼喊聲。

睜開眼睛，看到一位留著瀏海黑色長髮及肩的女孩，穿著我們學校的黑色制服。她總是用種迷茫的眼神看著我。算算，這已經是第三天，最近這女孩出現在夢中的頻率真是高，簡直勝過我床邊的日本寫真集女星，不過隨後我又昏昏沈沈的睡著了。

夏天的國中學校裡，上課的老師都一邊流著汗，一邊揮動手中的粉筆來教導底下的莘莘學子。但是，總有學生不是那麼領情，看言情小說的、打電動的、拿手機傳簡訊，這都不是重點，畢竟他們是安靜的做自己的事，沒有打擾到老師自尊底限中的禁地。

「呼嚕——呼嚕——」一陣響亮的打鼾聲，從講台底下傳了上來。

老師雖然背對著學生們，但是全身氣到發抖的身影，格外引人注意。

「呼嚕——呼嚕——呼嚕——呼嚕——」打鼾聲比前一次更長、更大聲。

「啪嚓！」老師手中的粉筆應聲折斷，就像壓死駱駝的最後一根稻草一樣。

「席恩——」一陣怒吼聲，在耳朵邊不斷迴盪著。

原本趴在桌上睡死的男孩頓時恍神的抬起頭，睡眼惺忪的看著隔壁的同學們。

「那邊。」一位將長髮束起來的女孩，指向男孩的前方。

隨著女孩纖細的手腕和白皙的手指頭所比的方向，那裡確實有一位地中海禿頭的中年男子，正透過那五百多度的眼鏡怒視著他。

「席恩！去外面罰站！看你會不會清醒一些！」老師走向前，將右手架在男孩的桌上，低頭瞪著他。

叫做席恩的男孩揉揉眼睛，緩緩的站了起來。

「搞什麼東西！是不是最近天氣太熱？我看你平常都不會這樣啊！」老師氣沖沖的走回講臺上，一邊謾罵著。

「唉……」女孩看著席恩慢慢走到教室外的背影輕嘆了一口氣。

席恩則是以無奈的眼神望著三樓教室門口外的一棵大樹怒視著，因爲有位女孩坐在那棵大樹的樹枝上。就常理來說，這有些不合理，畢竟三層樓高度要眼前這弱小的女孩攀爬上去，根本不可能，所以……

「妳到底想什麼樣啦！前天也是、昨天也是！我已經失眠兩天了！」席恩對著大樹叫罵著。

「我叫你罰站！結果你還能自言自語！」教室裡傳來老師的怒吼。「莉絲！把妳弟弟的椅子拿給他，叫他高舉到頭上！」

「喔——」坐在席恩隔壁的女孩有些意興闌珊的回答，但是老師卻沒有感到生氣，因爲有本事拿全年級第一的學生，做什麼事都能被百分之百的合理化。

「嘰——」

同學們側目看著莉絲直接拖著席恩的椅子，地板被弄出了一道刮痕不說，而且還有令人痛苦的磨擦聲。

莉絲是席恩的姊姊，擁有漂亮的臉蛋和聰明的頭腦，卻有個長相普通、頭腦也普通的雙胞胎弟弟。有時候人們會評論他們這對龍鳳胎，到底基因是差在哪裡？爲什麼弟弟那麼笨，姊姊卻那麼聰明？同時擁有榜首和吊車尾的家庭，到底是什麼感覺呢？

「你幹嘛跟大樹講話？」莉絲不解的說著，一邊將手中椅子拖到席恩的跟前。

「我哪有可能那麼無聊啊！上面明明就有個女孩子！妳沒看到嗎？」席恩忿忿不平的接過莉絲手中的椅子，順勢高舉起來。

莉絲往大樹上看了看，轉頭瞇著眼挨近席恩說：「什麼女孩子？我根本沒看到！再說，你是不是交女朋友了？」

那種眼神就像是逼問犯人一樣。

「怎麼可能！我還不想被妳殺耶！」

「是嗎？那就好了，別跟我開這個鬼玩笑。」莉絲拍拍手上的灰塵，若無其事的走進教室。

「呼……」面對有戀弟情結的姊姊，席恩的每句話都要特別謹慎小心，當他再度抬頭望著大樹的時候，女孩已經不在那裡了。

這種莫名其妙的感覺一直盤旋在席恩的腦海中，因爲從小就知道莉絲怕鬼怪的東西，雖然表情總是裝出一副堅強的樣子，但是到了晚上連廁所都不敢一個人去上，還要拉著這個做弟弟的站在門口幫她站崗，情何以堪啊！

所以席恩一直沒有把那天的事情說出來，不然姊姊又要跑來跟他一起睡了。雖然外人聽起來像是件旖旎的事，但是實際面卻是莉絲睡床上，自己卻只能躺冰冷的地板，怎麼看都像是自討沒趣一樣。

「喵——」一隻黑貓從樓梯的轉角探了出頭，眼神跟席恩四目相對了一下，便轉頭往樓頂走了上去。

「黑貓啊……」席恩喃喃自語的說著，一邊將椅座頂在自己的腦袋上。

四天前的放學後，一如往常和莉絲到街上解決晚餐。因爲爸媽都是早出晚歸的上班族，爲了不讓家人工作回到家還要花心思準備晚餐，我跟莉絲都會自己到外面解決吃飯的問題，當然，我們零用錢也相對的少了許多，但是能爲家人盡到微薄的心力，這是身爲子女必要的認知。

這項體貼父母的行爲，是莉絲所提出來的建議，可能她身爲女性所擁有的母愛和天性使然吧！

「今天要吃什麼？」

莉絲總是喜歡走到我前面，雖然她只早我幾分鐘出生，但是每次都把我當成小孩子來看待。

「喔！隨便啊！」我回答了男人十之八九常掛在嘴邊的口頭禪。

莉絲一副早知你會說這句話的樣子，她隨手指了人行道上的一坨狗屎。「這是你的晚餐。」

非常簡潔有力的一句話，我一臉無奈的眼神嘆了一口氣，本能的知道她又在鬧彆扭了，只好搔搔頭說：「鐵板燒好了……」

「鐵板燒消費太貴。」

莉絲馬上反駁。

「牛肉麵？」

「吃麵容易餓。」

「鍋貼？」

「我不喜歡吃鍋貼。」

「……」

我看著莉絲搖曳的長髮，頓時不知道該說什麼才好。「不然妳決定好了……」

「那我們先去賣場的試吃攤位吃完一輪後，再去買一盒章魚燒一起吃，好嗎？」莉絲停下腳步回頭看著我說。

「都可以。」有時候我會懷疑，莉絲明明已經有她的打算了，但總是要問我吃什麼、做什麼；而我也是異常的執著，明明知道答案卻故意跟她唱反調，難道這就是思想迴路太接近了，反而產生像是磁鐵那種同性相斥的作用嗎？

「莉絲──」我的身後傳來一位高亢的女孩聲音，還來不及轉頭，我的腦袋就像是被卡車撞擊一樣「啪」的一聲，我顏面朝下的冒著冷汗和眼中盡是暈眩的景色。

「啊呀！你這個做弟弟的真好啊！多少男同學想要約你姊姊一同上下學，都得不到機會，你卻每天享福唷！」

重擊我後腦杓的女孩，是莉絲網球社團裡的學姊一姍，有著體型壯碩的身材，活像是男人一樣……不，或許她心裡底層真的住了一位男性靈魂，因爲她是標準的同性戀，而她愛慕的對象正是我姊姊，這種錯綜複雜的關係好比八點檔連續劇一樣。

「一姍學姊有事嗎？」莉絲走上前來摸摸我的後腦杓。

「沒有啦！只是剛好碰巧遇到妳而已，想說來聊聊下週比賽的事情……」

一珊學姊所說的「巧遇」，經過我的計算，一週可以發生四次，還不包含例假日。

這傢伙根本是個標準的「跟蹤狂」。

「是嗎？那我們聊一下好了。」

莉絲一副不在意的樣子，一開口就聊了起來，反正這一下子，最起碼也要三十分鐘以後。我走到人行道的石椅上坐了下來，一邊看著眼前馬路上的車輛來來往往，一邊揮手驅趕煩人的蚊子。

「啪——」

一隻蚊子死在我渾厚的掌力之下，我彈指將屍體彈到地面上，卻看到對面有隻黑貓對著兩側的馬路東張西望著，好像準備跑過來。

不會吧！現在是下班尖峰時間，車流量這麼大，那隻笨貓不會真的想過來這邊吧？我在心裡如此想著的時候，黑貓趁著行車中間保持的空隙，想要硬闖過來，卻被高速行駛而過的機車嚇著又退後好幾步。就在這來來回回之間，黑貓就這樣被卡在雙黃線中央，動彈不得。

「搞什麼啊！」我急得站了起來，正想走過去的時候，一輛小貨車正想超越前面那輛慢車，鋌而走險的穿過對面車道準備超車，而黑貓所在的地方也是那輛貨車必經之路。

不知什麼一回事，我當時卻沒有想那麼多，就衝了過去，耳邊傳來一陣陣急促的喇叭聲，等我抱起黑貓的時候，轉頭映入眼簾的是那輛失控的貨車，正筆直的往我這邊衝來。

雙腳不聽使喚了，腎上腺素刺激著我的感官神經，當下我已經認爲我已經死定了；但結果並不是如此，當我回過神的時候，黑貓掙脫我的雙手，沒有目的跑了起來。

「早知道不要救你了！」正當我如此想著時候，黑貓停下腳步，牠徘徊在一個身影附近，而那裡出現了一雙學校制式的黑色女用皮鞋，我把目光從腳邊、黑長襪、白皙的大腿、黑裙子、黑色校服一路往上飄了上去，是一位留著瀏海黑色長髮及肩的女孩。

她用雙迷茫的眼神望著自己，令人不寒而慄。

「席恩！」背後傳來莉絲著急的聲音，她衝上前把我抱在懷裡，不斷的問著：「你有沒有事？你到底有沒有事啊？」

平常冷若冰山的姊姊，一遇到生命危險的大事，就活像是一位溫柔的母親一樣，細心的關愛著；看著她紅了眼眶，我還真的有些過意不去。

但是，我比較在意的是女孩子，不是因爲她長得可愛，而是因爲某種直覺讓我感到非常害怕。果然，等我回過頭的時候，女孩已經不在了……

這就是我四天前的遭遇。之後，這四天無時無刻都會看到那女孩的存在，不管在哪裡……

「喵——」黑貓趴在紙箱旁邊，對著眼前出現的人影撒嬌著。

學校頂樓上，靠近樓梯口有個太陽曬不到的地方，是非常適合中午睡大覺的位置，比起待在教室吹著熱風好太多了。況且，這也是唯一一個可以偷養動物的地方，畢竟學校是禁止同學們私自帶動物來養，因爲會衍生許多問題，講白一點，就是不想要讓動物的排泄物汙染了學校的環境。

「你不要亂跑，到時候被學校老師發現，我也沒地方收留你了。」席恩手裡拿著中午的便當，在黑貓的身邊坐了下來。

紙盒的便當被掀了開來，裡面有炸魚排、豆芽菜、滷冬瓜、什錦菜加上一顆滷蛋，席恩把魚排用筷子分了一半，放在準備好的零分考卷上，遞給黑貓食用。

「妳想吃嗎？」席恩大口大口的扒著飯，一邊望著一旁陰影處的女孩。

女孩沒有回應，依然無神的望著他。

「妳叫玲愛是吧？」女孩的眼神突然驚訝的看著席恩，像是在問說你怎麼會知道。

「妳一定想問爲什麼吧？因爲妳的身上一直穿著我們學校女孩子特有的制服，太顯眼了，所以我去查了一下；原來妳是一年級學妹，五天前爲了救一隻黑貓出了車禍，現在人還在加護病房急救，對嗎？」

席恩口裡咬著一堆食物，有些含糊不清的說著。

女孩點了一下頭，似乎是同意這種說法。

「但是妳的鬼魂爲什麼會出現，是因爲我救了原本妳要找替死鬼的這隻黑貓嗎？」席恩撫摸著黑貓的背部。

女孩沒有回應，只是歪著頭看著那隻黑貓。

「喵——」黑貓像是吃飽了，舔舔自己的腳後，便跑向那位女孩的腳邊，不斷摩蹭撒嬌著。

「啊！你這見色忘友的小子！」席恩的一番話，顯然是對著黑貓說的。

女孩蹲了下來，她輕輕的不斷撫摸黑貓的頭。

「好神奇喔……難怪有人會說黑貓是靈性最強的動物，因爲牠可以看見人類看不見的東西。」席恩吃完便當後，就靠在牆壁上休息。

「幫我……」一個微小的聲音。

「蛤？」席恩沒聽清楚，正想轉頭再問的時候，女孩已經消失不見了。

「席恩——」

樓梯口傳來了莉絲的聲音。

「我在上面，怎麼了？」

「噠、噠……」女孩子踏著輕盈的腳步聲走了上來。「什麼嘛！你吃飽了喔！」莉絲看到席恩腳邊吃完的空便當盒，有些不開心的說。

「誰叫妳又去社團找那些學姊聊天了！」席恩一副妳活該的模樣，繼續睡他的覺。

「哼！那我要跟黑喵喵一起吃！」莉絲蹲了下來，把同樣是魚排的便當打開來，用筷子夾了一小塊魚排引誘黑貓。但是黑貓只是意興闌珊的對著魚排發呆，根本不想動口吃了它。

「黑喵喵，你該不會也吃飽了吧？」莉絲只好無奈的一口咬下筷子上的魚排。

「姊，難道說妳都沒有其他的狀況嗎？」

「什麼意思？不懂？」

「比方說，看到不該看的東西……」

「什麼啦！我不知道你說的東西，我只知道你最近都怪怪的，自從救了黑喵喵之後，整個人比以前更奇怪！」

莉絲有些不高興的說，畢竟講到她害怕的東西。

「喔！」席恩隨便應答，就不再回話了。

只見莉絲皺著眉頭，用狐疑的眼神打量著熟睡的席恩。

一如往常，學校的生活就是如此的單調。放學後吃完飯回到家後，席恩總是搶先衝進浴室裡，捷足先登的搶走最佳時機。

「你幹嘛啦！我要先洗澡啦！」莉絲轉動著鎖上的門把說著。

「不要！妳每次都洗一個小時以上，我都等到睡著！」

「不然就一起洗嘛！」

「怎、怎麼可能一起洗啊！」席恩坐在馬桶上面正要製造蛋糕中，只能吃力擠出聲音回應著。

「我們小時候不是都一起洗嗎？」莉絲站在門外覺得好笑。

「小時候是小時候，現在是現在！麻煩妳有點女人的自覺好不好！」

「好臭喔！你在大便喔！」

「對！妳就不會大便？妳不要一直站在門口啊！」席恩憤怒的喊著。

莉絲一副像是報仇的模樣，滿足的拿著換洗衣物笑了笑走回房間裡去。

「呼——」席恩像是鬆了一口氣，正要轉頭按下沖水把手的時候。「唔哇——」

那位叫做玲愛的女孩，竟然就在旁邊，嚇得席恩趕緊遮遮掩掩的說：「拜託！我在上廁所耶！」

席恩用一種苦惱的眼神望著玲愛。

「請幫我一個忙，事成之後，我會完成你一個願望的。」玲愛用懇求的表情說著。

「好好好！我答應妳就是了！妳先轉過身好嗎？」

玲愛轉過身背對著他，席恩趕緊沖了水，正要伸手拿衛生紙的時候，才發現面紙盒空空如也。

席恩鐵青著臉說：「妳先把妳要我做的事情說完好了……」

「能不能跟我一起下地獄？」玲愛低著頭，一個字一個字的慢慢說出來。

「什麼！」席恩驚訝的神情，比上完廁所後，才發現沒有衛生紙還來的震驚。

「閻婆婆……都會要求每個剛到地獄的鬼魂上來人間，找尋下次準備投胎的生者靈魂，但是，你卻救了那隻黑貓……」

「閻婆婆？誰啊？就算沒有那隻黑貓當替死鬼？妳也可以找別的動物吧？」

「不行，閻婆婆指定的目標就只有一個，除非發生不可抗力的結果，不然我終究要殺了那隻黑貓。」玲愛搖著頭，淚水已經滴到地面上。

見到女孩子哭泣，席恩也只能無奈的問：「那妳要我怎麼做？」

「只有一個辦法，你跟我走一趟地獄城，我們見到閻婆婆後，我會跟她表明說我抓錯人，閻婆婆就會要我把抓錯的生者放回去，然後再指派新的目標給我。如此一來，我就不用再對黑貓下手了。」

「我怎麼知道妳說的是真的還是假的？會不會我下去，就回不來了？」

「我保證！絕對可以回來！我可以跟你發誓！」玲愛著急的轉過身，淚眼汪汪的看著席恩。

「好好好！我相信妳、我相信妳！但是妳要怎麼做？」席恩兩手一攤，渾然忘了自己是裸體姿態。

玲愛臉紅的把臉擺向一旁。「我會拉著你的靈魂下去。」

「拉靈魂？怎麼拉？聽起來還滿好玩的樣子！」

正當席恩覺得挺有意思的時候，玲愛已經走向他的身邊輕輕的抓住他的肩膀。瞬間，席恩就像是放鬆一樣，全身感到非常輕盈的飄著，然後往下一看……

「哇！等一下！妳就這樣直接帶我走喔！起碼也讓我把屁股擦乾淨，穿上褲子再帶我走吧！」席恩看著自己的軀體就這麼硬生生倒在馬桶旁邊，樣子非常狼狽的「死去」。

「喂！喂！妳到底有沒有聽到我說的話！」席恩大喊著，但是玲愛就像是沒有聽到似的，拉著席恩的手往地面下前進，眼前不斷出現超高速的風切聲，跟一大片奇異色彩的光芒，直到席恩慢慢失去知覺……

2

「席恩……」

「席恩……」

腦袋還是昏昏沈沈的，席恩感覺到有人在搖著他。

「唔……頭好痛。」

席恩坐起身體揉著眼睛，看著眼前模糊的景色漸漸明朗了起來。陰森的天空，混沌烏雲，沒有月亮卻有不合理的餘光照射著大地；雖然不冷，但吹來的陣陣涼風配上眼前的畫面，還真的讓人汗毛直立。

「我們到了，你的眼前正是地獄。」玲愛從他的視線死角冒了出來。

「唔哇——嚇死人了，妳是鬼啊？」席恩嚇了一跳，用驚訝的神情望著玲愛。

「是，我的確是鬼；但是，你現在也是個鬼；不過在這個地方生存的人們，都被人類稱為鬼，所以沒什麼好大驚小怪的。」

「鬼？」

席恩抬起自己的雙手，反覆的看著，他不斷撫摸著大地，冰冷的觸感從指尖傳達過來，他疑惑的看著玲愛說：「鬼也有五官的感覺？」

玲愛走上前，蹲了下來，她抓起席恩的手背碰觸到自己臉頰說：「是的，但正確來說，人類有兩個地方可以去，一個是活的時候，那裡稱爲人的世界；一個是當你死的時候，來到的這個世界，直到你的壽命燃燒殆盡，你的靈魂才能重新開始。所以，當你以後來到這個地方，你就不會再迷惘、害怕了，畢竟這是人類第二個居所，早點習慣不是比較好嗎？」

看著玲愛用冷冷的表情講解這些事情，席恩感到無法形容的怪異。

「不懂嗎？」

席恩搖搖頭，似乎是對玲愛的解釋感到不可置信。

玲愛放下席恩的手，緩緩的抬起頭看著灰濛濛的天空說：「人的世界和這裡的世界其實是一體兩面的，人間活得越久，待在這裡的時間就越久。但是，這裡卻沒有老化的特徵出現，只要守規範，安心的過著與人間反轉的生命週期，不也是幸福的象徵嗎？」

「不對！」席恩面對這種像是人類逃避現實的講法，不服氣的抓著玲愛的肩膀大喊著：「這根本是間接抹滅人類存在的意義了嘛！在人間有愛我的家人，雖然他們早出晚歸的工作，疏於照顧我們，但這不代表我們就沒有了感情；況且我還有一個敬愛的姊姊……妳要我完全放棄這些感情和回憶？別開玩笑了！」

「嗚……你別用這麼可怕的口氣講話好嗎？」玲愛擦去眼中的淚水，似乎是被席恩剛才衝動的口氣給嚇到了。

「對、對不起……害妳哭了。」席恩頓時尷尬的抓著頭髮不知所措起來。

「才、才不是因為你嚇到我才哭的，也不是因為男人大聲的講話才哭的，只是、只是剛好有砂子跑去眼睛的關係……」

「好、好……唯獨妳這個傲嬌的個性還滿像我姊姊就是了。」

面對似曾相識的感覺，席恩搖搖頭笑了出來。

「有什麼好笑的？你這個戀上自己姊姊的變態！」

玲愛露出驚恐的面貌誇張的做出雙手護胸的動作。

「哈哈哈！是又如何？這可是男人的浪漫啊！」

面對玲愛的誤會，席恩壓根不打算解釋，用大笑和不合常理的對話邏輯來轉移焦點，這種手法對付死纏爛打特別有效。

「你、你在說什麼東西啊？」

玲愛像是面對未知生物般的恐懼望著席恩。

「我們快執行任務吧！我還得趕回去寫作業耶！」席恩站起來東張西望著。

「聽到你那種發言，我開始覺得找你合作是種錯誤的做法。」

「別開玩笑了！我對身材貧乏的少女沒什麼興趣。」

「你知道你這種說法在人間可以告你性騷擾了嗎？」玲愛抱怨的說著。

「哈哈哈！找我幫忙的代價就是要時常接受我的騷擾，妳還不如放心思放在任務完成上，早點讓自己解脫不是比較好嗎？」

「你這種說法真是讓人覺得火大……」

玲愛抱怨的說著，一邊凝視著遠方，那裡好像有什麼東西靠了過來。

「喂！那是？」隨著黑影靠近，席恩瞪大眼睛看著。

遠方黑影似乎有光線傳了過來，一艘像是在汪洋中隨波逐流的小船划向他們，船的上面掛著一盞小燈照亮著附近的景色。

河。一條無盡的河正在席恩的眼前呈現著，因爲眼前的河竟然都不會流動，僅有遠方的小船激起的小小漣漪加上划水聲，才讓人真實的感覺這是條活生生存在的河流。

小船的燈光被移了角度，像是探照燈一樣的照向席恩他們，待在暗處許久的兩人，頓時都被光線照得睜不開眼睛。

「小愛是妳嗎？」船上的人大叫著。

玲愛揮手大聲回應：「萍姊我在這裡——我在這裡——」

「搞什麼啊！小愛！妳到底去了哪裡？」小船還沒有停穩，叫做萍姊的女人已經破口大罵。

船上的女人把小燈轉了方向，映入席恩眼簾卻是一位用髮髻將長髮梳成一團，穿著像是浴衣，年約二十來歲的女人走下小船，她伸出食指不斷戳著玲愛的額頭說：「要不是妳說要幫我抵兩天渡船工作，我才不想理妳呢！」

「對不起，萍姊，這次花比較多時間……」

「不管！這次起碼要抵四天份！」萍姊閉上眼，雙手環抱著將頭擺向一邊，討價還價的說。

「嗯！四天就四天，沒問題的。」玲愛一口就答應了。

「這麼乾脆呀……」沒想到玲愛如此果斷，萍姊睜開一隻眼睛有些過意不去的看著她說：「那妳這次又要這麼做了嗎？」

「嗯！我必須這麼做。」玲愛走到船前拾起船槳，回頭對著席恩說：「我們走吧！」

「啊！對了，這次是個男孩啊！叫什麼名字？」萍姊問著身旁的席恩。

「叫我席恩就好……」

「啊——不要用這種無知的眼神望著我，每次小愛帶過來的人都要我解釋來龍去脈，我都快瘋了！」萍姊揮揮手表示不想干預，徑自走上小船，倚在位子上。

「席恩，你先上來吧！我等等跟你解譯。」

席恩走上船越過玲愛的身邊，一副重心不穩的模樣。「搞什麼啊！這船好晃啊！」

「喂！小鬼！你再這麼的心浮氣躁，小心我們也會跟著你陪葬！」萍姊不安好心的說著，一邊從衣服裡拿出長型菸斗，點了火柴抽了起來。

「陪葬？」席恩小心翼翼的坐在位子上。

「萍姊想說的事，是指奈落河下面是無盡的深淵，據說失足落水的鬼魂，從此就沒有轉生過，似乎是被監禁在下面的世界……」

玲愛雙手熟練的操作木槳划船，靜靜的看著河下的動靜。

「既然那麼危險，那你們爲什麼還要渡過這條河，改走別條路不就行了？」

「通往黃泉城的道路，只有這一條，除了渡河之外，別無他法。如果說是懼怕翻船的意外的話……我想理論上是不可能發生的。」

席恩趴在船邊緣，跟著玲愛向下面世界看去。

混濁不清的河水，像是宇宙存在的黑暗物質一樣，讓人有種想被吸引進去的衝動。如果說底下有什麼怪物的話，那玲愛的船槳就是最直接也是最危險的接觸物品，一不小心整個人都會被拉下河去。

噗通——

河裡突然出現了氣泡，活像是有人在河裡吐出一大口氣一樣，席恩專心的望著那團空氣噴出，底下有個白色的物體閃爍著，而且有越來越近的趨勢，更讓席恩集中心神的觀望著。

越來越近……越來越近……

白色的物質有點像是皺掉的皮膚一樣，若要說形狀，反而有點像是人型頭部一樣……像是一顆面目猙獰的浮腫人頭！

「唔哇——」席恩嚇得往後跌坐在萍姊的身上。

「幹嘛啦！看見鬼了喔？」萍姊滿不在乎的抽著手中的長菸斗，將煙吹在席恩臉上。

「水底下有個人，有人在水底下！」席恩語無倫次的叫喊著，直到發現發現自己頭部像是躺在柔軟的枕頭上時，才緩緩的抬起頭看著「枕頭」的主人。

「小鬼，你想被判死刑嗎？」萍姊又吸了一口菸斗，冷淡的說著。

「嗚哇！抱歉、抱歉！」席恩趕緊退開來，一邊低頭道歉，一邊偷瞄著萍姊姣好的身材。

「不是對我的胸部抱歉，是對我吧！」萍姊無奈的瞇著眼瞪著席恩。

「你剛剛看到的是幻影，據說這條奈落河會反映出人心中最害怕的東西，會使人失去理智跌落河裡……」玲愛背對著他們，靜靜的划著船，靜靜的看著河面。

「哈哈哈！你們也太小看我了！恐懼這種東西根本就不存在我心裡！哈哈哈！」席恩大笑的說著。

萍姊看著席恩自大的言語，臉部突然冒出青筋，用力的抓著席恩的腦袋往船邊緣壓過去。「那你就睜大眼看看你心中最恐懼的東西吧！」

河裡的那白色東西又漸漸浮了上來。

「萍、萍姊！我會小心翼翼的說每句話的，總之讓我們換個方式講話吧！」席恩冒著冷汗望著似乎零距離的慘白浮腫人頭，那雙猙獰的雙眼像是看透他的心裡一樣。萍姊用力往後一拉，席恩頓時解脫的躺在船內，大口喘著氣。

「還想再確一次自己的恐懼嗎？」席恩心有餘悸卻又一本正經的說：「我想，看『牠』一眼就足──夠了。」

「是嗎?希望你以後用字遣詞要小、心、一、點、喔！」

萍姊冷冷的說完這些話後，又恢復懶散的氣息，一邊抽著菸斗，一邊哼著不知名的小曲。

「呼──」席恩看著眼前的女人，根本是自己惹不起的高手，只能像個被遺棄的喪家犬一樣，低頭嘆氣著。

「嗳……待會見到閻婆婆的時候，請不要開口說話，好嗎？」

玲愛像是突然想到什麼似的，回頭提醒著。

「為什麼不能開口說話？」

「閻婆婆不喜歡講話太直接的人，尤其是她不愛聽的話，或是當場指責她的不是，都會受到懲罰。她心情好的時候，處罰你來當奈落河的渡船手；但，當她心情不好的時候，就會被她的魔法變成動物，奪去自由和權利，受盡折磨直到轉生時間來臨。」

「所以你們也是因為得罪了那個什麼婆婆才會來這擔任渡船手？」

「不全然是，我已經說過了，這裡就是個人類世界的縮影，生活在這裡的人們都要工作，只是雇主只有一個，是唯一的一個，而且權力至高無上的閻婆婆。」

「所以妳們是自願來這裡工作嗎？」

不等玲愛開口，萍姊已經大笑了起來：「呵呵呵！說那麼多幹嘛？小愛妳跟我就是得罪閻婆婆才會被丟來這裡的。若要跟黃泉城裡的工作相比，這裡工時長、危險性高、偏僻，加上還要輪班，有誰會自願來這裡啊！」

「那……」席恩沉思了一會，問道：「你們是什麼原因得罪了閻婆婆啊？」

「陋習……」玲愛小聲的回答。

「啥？妳說什麼？」席恩一時聽不清楚。

玲愛提高音量說：「我討厭這種抓替死鬼的規定。一個人當鬼，就注定要找下一個人，說是爲了維持兩邊世界的平衡，但是被選定的死者卻不一定會死，全憑抓替死的鬼魂機運如何，因爲是閻婆婆隨便抽籤指派的。如果是遇到財大氣粗的有錢人，本身發生意外的機率根本是微乎其微；反倒是孝順、對社會、世界有貢獻的人們，常常會死於非命留下遺憾……」

「有道是『有錢判生，沒錢判死』，人到頭來，不管是死，是活，都逃不了這個命運，你還認爲有造物主這種曖昧的東西存在嗎？」

萍姊淡淡的說出這種不合邏輯的東、西方產物所衍生的狗屁哲學。

席恩皺著眉頭看著玲愛，似乎在等待結果如何。

「聽到這種規定後，我就當面反駁她，所以……」玲愛將頭撇向一旁，停止划槳的雙手顫抖著。

「唉……怎麼這麼愛哭啊！真受不了！」萍姊一臉受不了這麼感性的表情，只能無奈的調侃著。

「事情總會過去的，如果一直停留在悲傷的情緒迴圈內，我可不認爲命運會改變什麼。」

席恩半蹲姿態的看著遠方燈火通明的地方，想必那裡就是玲愛她們口中所說的黃泉城。「那裡就是……」

「嗯……」玲愛偷偷的舉起右手的衣袖擦拭著眼淚，一邊打起精神回答。「那裡就是黃泉城，一直存在好幾千年的古城，據說是閻婆婆一手建立起來的。但……那畢竟只是個傳說，沒有人可以證明閻婆婆是這個世界的造物主，還是另有其他法力更強的造物主所建構成的『鬼世界』。」

眼前玲愛所說的黃泉城的面貌，猶如一座大城市一樣，在沒有陽光、月光的「鬼世界」裡，是座燈火通明的不夜城，熱絡的叫賣聲此起彼落，好不熱鬧。從小船的角度看來，黃泉城就像是佇立在海上的小島嶼一樣；就面積而言，足以容納好幾百萬，不……應該說好幾千萬的人們居住在這裡……

閻婆婆的魔法太厲害了吧！席恩打從心裡如此的想著。

小船慢慢的駛進黃泉城一角的高牆處，那裡有著小小的船屋；就外觀而言，根本是個破破爛爛的木造房子，挑高有四層樓高，就玲愛所言，裡面住的都是渡船的員工。而高牆外靠河邊的寬度距離不到二十公尺，沿路蓋滿了類似這種木造的建築物，據說是臨時接納的鬼魂（剛去世的人們），會先住在這坪數不大的破屋裡等待閻婆婆的召見。就現實面來說，跟高牆內的城市相比，猶如兩個反轉世界一樣。

「喂！小愛，找完閻婆婆後要馬上回來跟我換班哦！知道嗎？」萍姊心不甘情不願的接過玲愛手中的船槳。

「我會快去快回的。」玲愛一個微笑點頭後，小跳躍的跳上船屋旁石頭砌成的岸邊。

「待會回來還要再搭一次這麼危險的船嗎？」席恩伸著懶腰說著，慢慢的跨上黃泉城的陸地上。

「開什麼玩笑！你這個臭小鬼待會讓閻婆婆知道你是被小愛抓錯的活人，馬上就會被她踢回去人間的！根本不會讓你這麼悠閒的搭船逛街啊！」萍姊像是潑婦罵街一樣，指著席恩的鼻頭咆哮著。

「萍！妳到底去哪了？初始地有客人要叫船，還不快點去！」岸上突然有個禿頭的中年男子大叫著。

「吵死了！死禿驢！沒看到我才剛回來喔！」

「什、什麼！我是妳上司耶！妳一直三番兩次罵我禿頭！當心我把妳的工作紀律報告給閻婆婆知道！」禿頭的中年男子更加火大的站在岸邊跺著腳。

「走啊！去報啊！當心我把你去酒店找小姐的事情告訴你老婆！」

萍姊的一句話，禿頭上司立刻低聲下氣、恭恭敬敬的跑到萍姊面前道歉，自打嘴巴的連說「哎呀！抱歉啦！」的討好她。

看在一旁席恩的眼裡，反而覺得很好奇的張口觀望著。

「很奇特對吧？因爲這個世界就如同我說的一樣，大家在這裡可以從事任何的娛樂，甚至結婚等；如果個性不合也可以離婚、分居，都憑自己的意思。」

「那也就是說可以在這生小孩了喔？」

「你、你在說什麼啊！生、生小孩那種事當然不可能！」

席恩沒大腦的一句話，突然使玲愛滿臉通紅的回答著。

「所以說『鬼世界』也是有一些限制存在啊！」

席恩雙手交叉的放在後腦上，一邊跟著玲愛沿著黃泉城外高牆邊的道路前進。

「畢竟在這裡都享有無病、長生不老、時間到就轉生的生活，有這麼一點點的不通人情，倒是情有可原。」

席恩的心思反而沒有放在玲愛的解說上，他四處的看著周邊的景象。如同回到古代的生活一樣，沿路上的許多露天商販和店家，大家都在賣著人間的食物、生活用品，不禁讓人懷疑這些東西從哪裡生出來的。

「喂……這些東西，真的存在這個世界嗎？」席恩停下腳步，手指著商販所販賣的鮮魚。

「這位小鬼是剛死下來的嗎？難怪你會對這種現象感到懷疑。說實話，我剛來這裡我也抱持著這樣的疑惑，等你在這生活久了以後，你就會了解到所謂『閻婆婆的世界』，恕我在這裡賣個關子囉！」說話的魚販是一位個頭僅有一百五十公分左右的老頭子，他一邊俐落的去除客人要的鮮魚內臟，一邊回答席恩的問題。

「席恩，走了喔！不然你在人類世界的屍體馬上就會被人發現了。」

「不會吧？這個世界的時間也是跟人類世界同步嗎？……唔哇！」席恩發現自己踩在軟綿綿的物體上，像是水生動物的觸感一樣，不由得多踩了幾下確認。

「喂！你踩夠了吧？小鬼！」

席恩低頭一看，竟然是一位咬著菸斗的章魚大叔，他正噘嘴瞪著席恩的雙眼，一邊用身上的觸手纏住席恩的雙腳，一拉，「碰！」席恩頓時跌個四腳朝天。

「痛啊！你這隻水中生物在幹什麼啊？」

「誰是水中生物啊！」章魚大叔冒著青筋咒罵著。

「啊！大叔對不起、對不起，這男孩是第一天來到這裡，請原諒他的無知。」

玲愛上前緩頰，但是口吻跟神情卻好像是自己百般不願的帶著席恩一樣。看著那隻水中生物被玲愛安撫得服服貼貼的離開，席恩一臉苦瓜的坐在地上望著她。

「你一定想問我爲什麼有章魚人類吧？人們死後，所存在這裡的軀體、外觀，都是由本人心中所期望的結果而生的。有些人喜歡自己事業發達，意氣風發的時候；有些人則是喜歡自己年輕貌美的時候；再來就是動物們也被賦予生命，雖然牠們在人間無法說人類的語言，但是鬼世界是沒有這種限制，語言完全是共通的，所以當你看到動物經過的時候，請不要用那種藐視的口吻說他們是非。」

聽完玲愛解釋後，有隻青蛙大叔挑著魚竿從席恩眼前走了過去，非常諷刺的畫面。

「啊啊！真是亂七八糟的鬼世界！我受夠了！趕快帶我去見那個什麼婆婆吧！」

「對不起，連累你跟我下來這一趟。我保證，馬上就可以讓你回到人類世界界。」

玲愛有點過意不去的說。

「這不關妳的事，我是爲了那隻黑貓下來的。倒是妳要怎麼辦？一直找不到替死鬼的話，妳的命就要因爲替黑貓扛下來而死去，難道妳就那麼不想回到人類世界嗎？」

「其實對我來說……活在哪裡都是一樣……」

玲愛伸出右手扶著席恩起身，不等席恩跟上，玲愛已經自顧自的沒入繁華的夜市裡面。這種形單影隻的感覺，讓席恩感覺像是莉絲那種偶爾會出現的孤獨感，渴望父母關愛的眼神、無微不至的照顧所散發出來的眼神。

隨著人煙開始稀少，抬頭望去高牆的不遠處，有個尖突的造型，像是飄浮在半空中的水晶球一樣，沿著底下看去，那裡就像關卡一樣，有一道大門佇立在那裡，關卡裡的世界到底是長怎樣的，從外觀根本無從猜想。

「喂！玲愛！妳幹嘛都不說話了？」玲愛轉身將食指放在唇邊，示意席恩小聲一點。

「再過去就是閻婆婆掌管的地方，整個城市都是她建造的，所以任何物品的生命，都有她的憑依存在，她可以無時無刻的運用魔法監控整個黃泉城的動靜，包含我們的對話。」

「這跟我們進去找她有什麼關係？」

「你別忘了你到這裡的目的。你只是個被我抓錯來到地獄的無辜人類，事情結束後，你還是要回去過你的人類生活；而我一樣繼續對閻婆婆做這種小小的反抗。」

「哈哈哈！」玲愛不解的看席恩大笑著。

「妳不要老把責任往身上扛好嗎？搞不好有這種想法的人，滿街都是，只要集合大家的力量，把你們的訴求傳達給閻婆婆知道不就好了嗎？搞什麼孤軍奮戰的小革命，我最看不起的就是妳們這種愛胡思亂想的人！」

席恩雙手叉腰的說，似乎是對玲愛的想法非常不以爲然。

「拜託你不要那麼大聲！小心閻婆婆聽到！」

「我們人還在門外，怕什……唔哇——」

席恩話才剛說完，腳底下出現了黑色旋渦把他們吸了進去，黑茫茫的通道裡，像是腸子那種柔軟感一樣，如果說有那種不適的話，就像是被生物活吞的那種感覺，被不寬敞的腸子給擠得胃食道逆流。

「唔哇哇！怎麼回事啊？玲愛！」

「我、我也不知道啊！」

席恩和玲愛一同被捲入這個奇怪的地方，正以超快的速度往下方「擠」出去，好比人類的消化系統一樣，這種感覺就像是要進到胃袋般的難過。直到眼前出現陣陣的白光，就像是在說出口到了一樣。「嘩啦！」席恩一睜開眼就看到眼前如同跳樓般的恐懼，而且還是頭墜地的從十層樓的高度掉了下來。

「唔哇——」

席恩尖叫還沒停止，就已經硬生生的撞擊地面，原本以為自己會粉身碎骨，沒想到撞擊地面後，就像彈簧一樣「咚」的一聲彈了幾下，隨著彈跳逐漸趨緩，席恩眼花撩亂的看著天旋地轉的世界，有種想嘔吐的感覺傳來，正打起精神準備起身的時候，眼前突然一黑，一個柔軟的物體壓在席恩的頭上。

「唔……」玲愛全身酸痛的坐起身來，右手正按著疼痛的頭部。正當玲愛還在恢復意識的時候，突然一隻手緊緊的抓在玲愛白皙的大腿上。「啊——」玲愛下意識的尖叫、拍打著這隻手的主人。

「是我、是我啦……」

一陣低沉的聲音從玲愛的屁股下方傳來，沿著目光搜尋下，玲愛頓時滿臉通紅，瞬間移動到一旁低頭望著剛才的緩衝墊。

「對不起、對不起……我不曉得那是你……」玲愛一直道歉，看著席恩滿臉不悅的坐起身，不斷的扭動、按摩著脖子。

「這到底是什麼地方啊？噫！」席恩抬頭東張西望的，突然看到不遠處有個老婆婆坐在一張躺椅上，用著倦怠的眼神望著他們，而老婆婆的身旁有許多女僕人幫她搧風按摩，像是帝王般的享受。

「一大早就有人大吼大叫，新來的嗎？」老婆婆一手撐著下巴，滿臉的皺紋看起來更像是年過百歲的老奶奶一樣，不過身材保持著營養充沛的福態，很難想像她的實際年齡爲多少。

「閻、閻婆婆！」玲愛是第一次來到這個人稱「龍胃城」的居城，據說這裡是閻婆婆的閨房，外人不得進入的，所以感到特別緊張。玲愛趕緊跪了下來，畢恭畢敬的給眼前的閻婆婆問好。

「這老太婆就是閻婆……唔！」席恩一開口，馬上就知道自己說錯話了，趕緊摀住自己嘴巴，一動也不敢動的望著閻婆婆。

「哼！過來一點，我老了，視力不好，看不到你們兩個……」

閻婆婆伸出左手的食指一勾，席恩和玲愛就像是受到重力牽引一樣，瞬間抽離原位，跌到閻婆婆的跟前。狼狽的玲愛，立即坐起身，一邊畢恭畢敬的正坐低頭，一邊使眼色的給席恩知道，趕快像她一樣擺出這種姿勢。

「閻婆婆啊！妳好、妳好。」席恩搔著頭對著閻婆婆傻笑。

「用、敬、語。」玲愛無聲的發出唇語，要席恩趕快改變自己無禮態度。

「啊啦啦啦！真是無禮的男人，讓我看看你到底是從哪裡出生的。」閻婆婆嘴上雖然不饒人，但是肢體表情似乎還是很和藹的樣子，看來今天心情還算不錯。她坐起身體，舉起右手在空中劃了像是幾何圖形的魔法陣，原本暗紅色的線條突然發亮了起來，魔法陣中央像是被刀劃了一道黑線般，越來越大，像是黑洞一樣的擴張起來。

裡面探出一本古書的一角，它正在使勁的鑽出那正在擴張的黑洞，如同破繭而出的蝴蝶一樣。「婆婆、婆婆拉我一把啦！」那本古書氣喘吁吁的對著閻婆婆呼救著。

「你這個小傢伙最近是不是變胖了啊？」閻婆婆眉頭皺也沒皺一下，食指移往身前勾了一下，那本古書瞬間就被拉了出來，而黑洞還殘留著無數雙的黑手在洞口伸啊伸地，異常詭異。

「那、那本書是什麼回事？好像是被惡魔封印一樣……」席恩驚訝的大喊，身爲人類的他，從來沒看過這種魔術。

「那是……『閻婆婆的死亡筆記本』。」玲愛像是看過此書一樣，輕聲的回答著。

「什麼死亡筆記本？妳這女孩太失禮了！我可是有名字的，請叫我『小焰』！」古書躺在閻婆婆懷中，用一雙清秀的女性眼神觀望著席恩和玲愛。

「妳是太久沒看到人類了嗎？多嘴！還不趕快好好工作！」閻婆婆輕敲了古書的腰身，古書瞬間發出了嬌滴滴的「啊──」的一聲後，古書一頁頁的自動翻開來。閻婆婆像是使用智慧型手機一樣，在書上用食指劃了幾下後，便喊出「有了」的聲音，然後抬頭審視席恩，左看看、右看看……

「閻婆婆！那男孩子是我……唔──」「不要給我插嘴！」

不等玲愛說完，閻婆婆食指往下一比，玲愛整張臉就緊貼著地面，無法說話。「完蛋了」，此刻的心情正是她心中的寫照。

「嗯、嗯！原來叫做席恩啊！」閻婆婆對著古書點頭稱道，似乎是完全了解席恩的身世和背景了，她從懷裡拿出了一顆水晶球，在上頭摸了摸，原本光滑的表面開始建構出像是蜥蜴皮般的結晶狀，慢慢的濃縮、收放著，直到化爲粉末的白煙，煙裡似乎有人影顯現著……

一個清秀的女孩，正抱著全身裸體的男孩痛哭著，男孩的表情像是安穩的閉上眼睛，女孩的身旁還有許多救護人員安慰著她，一個令人鼻酸的畫面。

「那、那是……」席恩張大嘴巴，一句話也說不出來。

「嗯——好漂亮的姊姊喔！生在人間多可惜啊……不如讓她下來當我的女僕好了。」

閻婆婆摸著下巴，嘴角微笑的看著水晶球。

「老太婆！妳敢動莉絲一根汗毛，我絕對會讓妳吃不完兜著走！」席恩被憤怒的慾火佔據腦中思考的位置，現在的他只想要保護自己姊姊的安全。

「好大的口氣啊？你以爲……你是在跟誰說話？」閻婆婆眼神突然銳利起來了，頭髮一根根的飄散起來，像是要立刻殺了席恩一樣，令人冷汗直流。

「閻婆……婆婆……」

玲愛使勁力氣，全身顫抖的將頭抬了起來，似乎是有很重的無形物體壓在玲愛的身上，連說話都顯得特別困難。

「唷！竟然有人可以掙脫我的『無形之鎖』，妳的意志力真是令我佩服啊！」

閻婆婆隨手一揮，玲愛身上的枷鎖像是消失一樣，也因爲如此突然，用力掙脫束縛的玲愛，因爲反作用力的關係往後倒個四腳朝天。

「啊……啊……」玲愛昏眩的抬起頭，眼中的閻婆婆像是有好幾個分身一樣，只好閉上眼睛抖抖頭部，讓自己清醒一點。

「說話吧！小愛，這男孩是妳帶來的嗎？是妳的替死鬼？」

閻婆婆的語氣有種說不出來的急躁感，像是只要有人說錯話就要付出代價一樣。

「是的……但是他卻不是我的目標，是我抓錯人了……」

「她在撒謊，婆婆。」古書的眼神像是看穿玲愛的想法一樣。

「這我早就知道了，幾千年來，有多少人也玩過這種把戲，只是我都沒有拆穿他們。

因為我要讓他們知道，自己是有多麼的渺小，想要改變我定下的規則，門都沒有！」

閻婆婆聽到古書的提醒，才發現玲愛原來都在欺騙她，但是礙於面子，居然假裝若無其事的樣子。要是沒人繼續挑戰她的話，或許還能天下太平的度過，但是……

「規定？規則？那是什麼東西！妳這個老太婆少自為以是！妳根本就不是造物主，人類世界的平衡根本不用由妳來決定。我們那個世界有生老病死、意外、天災來決定人類自己的存活，而不是由妳說了算！逼地獄的鬼魂們去殺害根本與他們無關的人類性命，妳知道他們的感受嗎？」

席恩毫無恐懼走上前怒罵著閻婆婆，嚇得身旁的女僕人個個上前安撫著閻婆婆，但是一點都沒有用，閻婆婆一揮手，身旁的僕人個個都東倒西歪。

「你這小鬼說什麼？難道你不知道站在你面前的是誰嗎？」

「我知道啊！不就是一個存活很久，食古不化的老婆婆，妳不覺得妳那張腐敗的腦袋需要換一換了嗎？」

閻婆婆頭髮都被席恩氣得飄散起來，滿臉的皺紋加上全身充滿了法力，整個「龍胃城」景色突然黯淡得像是死寂的世界一樣，一點空氣都沒有；而閻婆婆的眼神邪惡到要捏碎眼前的男孩，簡直是輕而易舉的事情。

「閻婆婆住手——在『鎭魂球』面前施放那種可怕法術的話，整個黃泉城的結界都會因爲魔法反噬而消失怠盡的！」

原本情況即將一發不可收拾，玲愛喊了這句話後，閻婆婆的眼神像是被什麼吸引住了一樣，她張大眼睛審視著玲愛，似乎是想問她爲什麼會知道「鎭魂球」的事情。「很好、很好……我真的越來越想了解妳了，小愛……」閻婆婆心中如此的想著。

「我改變主意了，我不會殺你的，小男孩。但是你要爲你的無禮和魯莽付出代價！」

閻婆婆手指一彈，一陣青色魔法光束以迅雷不及掩耳之勢，貫穿席恩的心臟，頓時席恩心臟的部位被奪走似的，現出空洞並冒著白煙。他全身顫抖的看著胸前怪異的景象後，抬頭看著被閻婆婆握在手中自己活蹦亂跳的心，看著「它」每跳動一下，席恩的身體就不由得的打了一個冷顫。

「席恩！」玲愛走上前攙扶著即將倒下的席恩，但是一瞬間席恩好像小了一吋，不……是越來越渺小，小到整個身體都縮在衣服裡面，看不到、看不到席恩的身影了！

「只要你的心臟被我囚禁住，你哪裡都不能去，永遠當我的奴隸吧！」

閻婆婆尖聲大喊著，隨手一揮，突然一陣強風出現，把玲愛吹了出去，直到失去知覺……

龍胃城又恢復剛才的安靜模樣，閻婆婆把席恩的心臟裝在女僕拿來的瓶子裡，她闔上手中的古書，輕輕的說：「小焰，偷偷的跟著他們。」

「是，婆婆。」

古書慢慢的化成液體，流在地面上，之後就像水蒸氣一樣的飄散出去……

3

「唔……」玲愛緊閉的雙眼想要睜開，卻因爲全身的痠痛，讓她臉部的表情糾結在一起。

「好痛……」

痛覺從自己的大腦傳達到全身，看來是因爲那陣強風把她吹到地面上的關係吧！但是，有個很重要的東西，席恩心臟的部位被奪走……是誰？一個男孩……男孩？

「席恩？席恩——」

玲愛突然振作起來，坐起身四處找尋著席恩的身影。沒有……什麼也沒有，只有四周荒蕪的景色，以及凌晨喝茫的醉鬼經過這裡，其他的什麼也沒有看到，什麼也沒……等等，玲愛發現自己手上緊抓著席恩的衣物，她順勢拿了起來觀看著，「咻——」裡面有個重物從衣服裡滑落出來……

黑貓。

竟然是一隻昏睡的黑貓，難道牠是席恩嗎？玲愛喜極而泣哭了出來。

「嗚……對不……對不起，對不起，是我錯了，我不該拖你下水的……」

眼淚像是雨水般的滴到黑貓的臉上，如同交響樂般的演奏著。

「唔……哇……咳！咳！咳！」

黑貓被玲愛的淚水給嗆醒了，皺著眉頭乾咳了許久，牠抬起頭的看著淚水流不停的玲愛說：「妳是想嗆死我喔！玲愛！」

聽到黑貓開口叫她的名字，玲愛驚訝得睜開大大眼睛望著牠。

「你是席恩吧？」

「妳在問廢話嗎？我這樣子難道不像席……」

席恩才剛說完，他眼前的鬍鬚掠過他的眼前，是很礙眼的存在，下意識的動手撥開它的時候，一隻長著肉球的貓爪伸在眼前，席恩不信邪的左右撥了幾次。

貓爪？

爲什麼是貓爪？

「喵的咧！爲什麼會有貓爪？」

「呵呵呵……」看到席恩滑稽的動作，玲愛掩口笑著。

「妳笑什麼啊？我現在到底是怎麼一回事？」

「嗯！假如要我解釋這一切的話，可能你已經死了，確確實實的死去了，而這隻黑貓的軀殼，就是你心中最嚮往的存在；所以由此判定，你下輩子想做一隻貓。」

「妳在開什麼喵的玩笑話，我才不想變成一隻貓！喵的咧！」席恩憤怒的朝著玲愛揮舞著貓拳，卻因爲連一下都搆不著玲愛的身體而跌個四腳朝天。

「不然就是你向閻婆婆挑戰的代價，我想到的可能性只有這兩種了。」玲愛的解釋，讓席恩無奈的看著自己身體發呆。

「小愛？是小愛嗎？」遠方有個女人提著燈籠小跑步過來，腳上傳出那種「咔滋咔滋」的木屐聲。席恩轉過頭去，看到穿著浴衣叫做「萍姊」的女人慌張的靠了過來。

「萍姊？妳什麼來了？」

「妳到底做了什麼蠢事啊？不久前，城裡有位使者把這張契約帶了過來……」

萍姊將手中的契約攤開來給玲愛看，上面寫著終止玲愛尋找替死鬼的合約；換言之，人類世界的玲愛，已經停止心跳，正式死亡了。

「嗯……我知道了。」

「什麼叫做妳知道了？妳到底去跟閻婆婆說什麼話啊？妳這樣連人間的歡樂年華都還沒度過，就要在這等待轉生了嗎？虧妳還長得那麼可愛，要是我有妳這種臉蛋，我在人間早就殺遍所有男性了！」

玲愛往右邊倒了一下，原本以爲萍姊是在擔心著自己，結果只是爲了她的容貌沒有善加利用而感到惋惜。

「算了，反正妳這傢伙還存在就好了，可別賴皮啊！等一下妳馬上就要銜接我的班次，知道嗎？咦……妳腳下怎麼有隻黑貓啊？」

萍姊放下燈籠，隨手抓起席恩看了看，只發現牠全身顫抖的看著眼前恐怖的女人。

「那個……那個……」

玲愛正想解釋這隻黑貓其實是席恩的時候，黑貓「喵——」的叫了一聲。

「哇！好可愛喔！這隻黑貓是妳的寵物嗎？」

玲愛看了席恩一眼，立刻就知道他的想法；被萍姊知道自己變成一隻貓的時候，絕對會比死還難受。

「嗯！牠是我從路上撿到的，但是牠卻不會說話……」

玲愛說謊的時候，眼神漂移得非常嚴重；但是，眼前傻呼呼的萍姊壓根也看不出來這件事。

「不會說話才好啊！我們養牠吧！就把牠當作渡船機構的吉祥物吧！」

萍姊高舉著席恩，她微笑著，只要不聯想到那張挖苦的嘴臉，其實萍姊也是挺有姿色的美女。

「萍姊，我現在要去交班了，我想要帶著黑貓一起去值班，所以可以還給我嗎？」

玲愛伸出雙手，想要接手萍姊手中抱著的席恩。

萍姊微笑的將席恩放在玲愛的手心上，正以爲可以逃脫萍姊魔掌的席恩，突然被拉離了原位，換來的是萍姊貪求的眼神。

「奇怪了，那個叫做席恩的男孩跑哪去了？」

「他、他被閻婆婆送回去人間了……」玲愛是不擅長說謊的孩子，整個動作都心虛得讓人想審問一番。

「送回去也好，反正那男孩講話非常令我火大。」看著萍姊對手中的黑貓愛不釋手，玲愛只好再度伸出雙手向萍姊乞討著手中那隻黑貓。

「我是想讓你陪著小愛，但是你身上好臭喔！看來我要補眠之前，要先帶你去洗澡囉！所以小愛，這隻黑貓今天就不能跟妳走了！」

「洗、洗澡？不、不行不行！不然這樣好了，今天值班完，我們再幫黑貓洗澡，順便幫妳刷背，妳覺得如何？」

「這樣啊！聽起來也不錯。」萍姊食指放在唇邊想了想，又把席恩放回玲愛的手心上，然後正當玲愛要收手的時候，萍姊又反悔將席恩抽了回去。

「給牠取了名字沒？」

「啊……？還、還沒有……萍姊有好的建議嗎？」

「那，就叫做黑瞳好了，因爲牠有雙黑色的眼睛，跟其他貓科動物不一樣。」

於是那天，席恩有了第二個名字，黑瞳。

這麼沒品味的名字，只有那個女人才會想到，光是想這裡，席恩的胃就開始抽痛了，畢竟現在想要離開這裡，已經是不可能的事情了。

「黑瞳，怎麼了嗎？」

「玲愛，妳要是再這樣開這個貓名字的鬼玩笑，當心我一腳就把妳踢進奈落河裡。」

席恩化爲黑貓的軀殼，靜靜的看著河面上浮出來的恐懼人頭，意興闌珊的搖著尾巴發呆。他的眼角餘光偷偷瞄著一旁專注划船的玲愛，似乎還在爲稍早的事情感到過意不去。

「我說過了，這件事是我自己決定的，跟妳毫無關係，請不要把每件事攬在自己身上好嘛?反正船到橋頭自然直，事情一定會有轉機的。」

「對於你的事情，要我不去多想，根本就是不可能的事情。但是，我絕大部份的時間都在想，自己在那個世界的身體到底怎麼了?是真的死亡了嗎?送去停屍間存放了嗎?多久後要開始火化之類的問題。」

「那些事情對一個已經死去的人來說，根本是多餘的。喏!妳看，那個人應該就是剛才叫船的客人吧?」

席恩手指著奈落河畔的初始地，那是人類死亡之後，最初會來到的地方，只是今天跟上次來的感覺不太一樣。如果硬要說那種奇特的感覺，應該是在初始地販賣船票的羊頭大嬸，根本是要剛死亡下來的人們，強迫中獎的買下比平常貴三倍的船票費，一落地就要背負欠債的這一點，還真的有點比照人類世界辦理，讓人不勝唏噓。

回歸正題，今天是席恩第一次這麼近距離接觸渡船的工作；雖然真正在工作的是玲愛，但是這麼內向的女人，只能帶給搭船的人們無比的焦慮感與及不信任的想法。所以，降低人們害怕成爲鬼的第一次，就成爲席恩首要的工作。

「這位大叔，你是第一次嗎？」

玲愛聽我問這麼奇怪的問題，頓時臉紅得低下頭，自顧自的划著船，根本不想參與我們的話題。

「貓！貓會說話？」眼前這位理平頭的大叔，西裝筆挺的模樣，顯然這是他人生最輝煌的時候，但往往華麗包裝的背後，總是有著讓人鼻酸的過去。

「貓本身不會說話，會說話的原因是因爲這是地獄，但是我本身就是個人類，只是不小心得罪了這個世界的大魔頭，才會受到詛咒變成這樣。」

「大魔頭？詛咒？不要——」大叔瘋狂的大叫著，看來我的震撼教育已經起了效果了。

「但是你只要盡好本份的過生活，持續的工作著，基本上，我講的那些事情，你根本就不會遇到。所以，我身邊有幾條情報線索，能快速讓你習慣鬼的生活。但是取而代之的，你要把你的故事說給我們聽，不能造假、虛報，不然我一腳就把你往奈落河踢下去，這樣你了解嗎？」

不知不覺，席恩儼然成爲這條小船的霸主，爲了增加生活的樂趣，席恩把這裡的生存要訣和初期要注意的東西當作交換的條件，想多聽聽人類的世界到底充滿了多少爾虞我詐的人際關係和金錢鬥爭等等。

總之，就像一個變態想要窺視他人的私生活一樣……

「我、我叫利夫，是一間專門做消防設施的老闆，雖然公司規模不大，但是我一直跟員工處得不錯，而且還認識一位擔任行政助理的女孩，也就是我的妻子。五年時光過去了，她也很爭氣的幫我生了兩個女孩。但是好景不常，政府的政策錯誤，讓中小企業的產業根本活不下去，倒閉的倒閉，破產的破產，我的公司也面臨這種困境，加上銀行根本不肯給我這種沒背景、沒土地的人融資，所以有一天……」

沉重的會議廳正在我的眼前，不知道要不要進去。不斷猶豫不決的我，終於下定主意，抬頭挺胸的推開了門把……

「老闆來了！大家安靜……！」

突然，吵雜的密閉空間靜默了下來，無數個茫然的員工一齊望向我，我只好鼓起勇氣走向台上。

「各位員工，這次招集你們前來，是因為身為負責人，有義務讓你們知道，公司因為經營不善，所以不得不申請破產。但是，這個月的薪水，我一定會努力生出來給你們各位。請大家相信我，麻煩你們不要因為被裁員，而找我的家人麻煩，請相信我……」

「啪、啪、啪」的掌聲響起，員工都一致的相信我，讓我非常感動，所以我必須要做，而且要做的確實，不留任何痕跡……

但是最後，我卻沒有履行約定，因為我做了一個最壞的示範：詐領保險金。

「只用一隻腳、一隻手就換來了這輩都沒見過的高額賠償金，這樣不僅對公司員工有了交待，連公司都能起回生了。但是，我卻敗在貪婪這道關卡上，我再次用同樣的手法，想要連本帶利把我的家人下半輩子的生活費用、養育費用、教育費用……甚至還想到要讓兩個小女兒出國進修深造，那些夢想我都想好了。可是保險公司也不是省油的燈，早在第一次犯案的時候，他們早就懷疑上我了，加上徵信社的跟蹤、拍照存證以及動機的調查……」

「吃牢飯是早晚的問題，所以我選擇自殺，來結束人生這場鬧劇……」利夫大叔語畢，眼淚早已經把他的西裝襯衫浸濕了。

「那……你有想過你那兩個女兒嗎？你妻子的死活你也沒想過嗎？」提出疑問的卻不是我，而是在一旁靜靜偷聽的玲愛，她正用雙憤怒的眼神瞪著眼前的大叔。

「啊？那個我……我那個……」面對異常憤怒的玲愛，利夫大叔像是驚嚇過度講話變得結巴，張口望著玲愛。

「我說妳啊！聽故事就專心聽就好，幹嘛要發脾氣，難道這件事有種讓妳身歷其境的感覺嗎？」我用貓爪安撫著玲愛，要她冷靜一下。

「對不起……」玲愛像是被說中心事一樣，表情冷淡的道著歉。

氣氛異常的低迷，只聽到利夫大叔懊悔的痛哭聲，不管我如何找話題聊，玲愛就是沉默不語。

今天我們接了四個客人，有位從小立志要當黑道兄弟的男人，卻連老大旁邊的跟班都還沒當上，就死在朋友主辦的酒店生日宴會上；還有妓女、政治人物，他們都是那種高危險群的職業，都是死得不明不白的，幾乎都是牽扯到金錢上的事情……

果然，人類潛意識最想要的東西，就是金錢了。

結束一天的工作，席恩和玲愛回到了渡船機構的宿舍，但是她臉色依舊難看，頭也不回的往一棟四樓高的木造房子走去。

「好渴喔！我想喝水……玲愛妳聽到沒？」席恩在玲愛的兩腳間不斷的穿梭，企圖干擾她的無視，但是她依然自顧自的走進屋子裡。

「喂！妳不理我就算了，好歹也告訴我要住哪吧？」

玲愛表情冷漠，解掉了脖子的紅色領帶，輕嘆了一口氣說：「那邊……貓砂你自己去處理吧……」

看著玲愛手指著門外有一堆廢紙箱回收的地方。

「喵的咧！妳還真的當我是畜牲啊！」

「我心情不好，請讓我靜一靜好嗎？」玲愛沉著臉，越過了渡船機構的同事們，不發一語的往樓上走去。

「搞什麼東西！還在在意早上那句話啊！」席恩如此的想著，正當他要跟上玲愛的腳步的時候，突然被人從後面抱了起來。

「哇——好可愛的黑貓喔！會說話嗎？講句話來聽聽啊！」一個短髮女性將席恩舉在面前，像是要親吻他一樣。

席恩「喵——喵——」的奮力抵抗著，但是周圍越來越多女性靠了上來，應該說這棟屋子都是女性才對，莫非是女性宿舍嗎？正當這樣想的時候，有位像是這裡的管事驅趕了人群，靠了過來。

「不要看了、不要看了，等等還要工作的趕快去換裝，不要讓那禿頭再來說我們壞話了。」

一聽到這位女性的聲音，席恩頓時嚇得想要趕快逃離這裡。

「哇！黑貓跑了！」

「在那邊，牠要跑出門口了！」

一堆女性想圍捕席恩，不停的用腳驚嚇著席恩，但是身爲人類他根本就不怕這一招，左閃右閃的就快要從門口脫逃出去的時候。

「逃脫成功……唔哇！」席恩背上的皮毛，被人用力的擰住，抬了起來。

「哇！這不是黑瞳嗎？怎麼沒有跟著玲愛回來啊？」

說話的人正是萍姊，她嘴上叼著燻死人不償命的菸斗，抽了一口吐向席恩的臉上，使得他「唔——喵——喵——」的叫了出來。

「我補眠了一個早上，就等你回來呀……嗯？你身上真的太臭了，想跟我們一起睡的話，可要先洗好澡再說喔！」

萍姊抓著席恩就往一樓的澡堂走了進去，她把席恩放在一個澡盆裡面，自己開始寬衣解帶。

「開什麼玩笑啊！這女人要是發現我看到她的裸體後，我絕對會被殺死的！」席恩心裡如此的想著，趁著萍姊脫掉身上浴衣的時候，想要拔腿狂奔，卻被萍姊一腳給踩住。

「想去哪啊？」

萍姊身上的浴衣慢慢的滑了下來，姣好的身材在席恩眼前一覽無餘，若要說前凸後翹也不爲過。此刻席恩的頭腦有些暈眩，她一手把黑貓放在她的胸前，大喇喇的拿了一條毛巾走了進去。裡面有許多女性正在盥洗，若要說席恩此刻的心境，有如天堂般的享受……

「噗哇——咕嚕咕嚕——」

萍姊一把把黑貓壓進熱水裡面，這傢伙根本就不會照顧動物啊！看著黑貓在水面上不斷的游上來想呼吸，她卻覺得好玩似的把黑貓壓得更深……

咕嚕咕嚕——

席恩不禁想到：「我……我要死在這裡了嗎？……在地獄死掉後，會變成什麼……都已經是鬼了還能變成什麼……」

咕嚕咕嚕——

正在彌留之際，席恩的願望只有——起碼讓我吃飽再上路吧！

「啪啦——」

澡堂的門被打開來了，拿著小澡盆走進來的玲愛，正好奇的走向一群女孩圍觀的地方，她們歡笑的在澡堂上玩弄著不知名的物體。

「萍姊，妳們在做什麼啊？」

「啊？妳回來了啊！小愛！妳看看這隻黑貓好好玩喔！」

「黑貓？……難道說是——席恩？」

載浮載沉的席恩，好不容易找到空隙上來換氣的時候，他的目光正好直視玲愛，全身光溜溜的玲愛身體，完完全全的被席恩記憶在腦海裡。

「哇——」玲愛頓時滿臉通紅的閉上眼蹲了下來，用雙手遮著身體，不斷的大叫著。

「小愛，怎麼了啊？」正當萍姊要上前關心的時候，女人們有人大叫著：「黑貓流鼻血了！會不會是被水嗆到了啊？」

意識越來越薄弱，席恩慢慢的失去知覺……

「席恩……」

「席恩……」

耳裡，又是這熟悉的聲音傳達了過來，席恩睜開了沉重的眼皮，他模糊的視線正看著眼前人影，不斷的輕拍著自己的頭部。

「你終於醒了啊！」眼前出現的是綁著馬尾的玲愛，她正穿著輕便浴衣，小聲的呼喊

著。

「唉呀……」席恩頭痛欲裂的用貓掌撫摸著自己的頭，一邊望著身旁的景色，發覺自己正躺在靠陽台的床頭邊，從這裡看出去竟然可以看到滿街燈火通明的夜市，讓人有種驚嘆的衝動。

「我昏睡多久了？」

「兩個小時左右吧！」

「可惡！那女人……」

「噓……小聲一點。大家都在睡覺了，我才敢跟你說話，不然被這些女孩發現你是男人的話，你的下場就會跟我們的早餐一樣了。」

「唔哇！這麼嚇人的話，麻煩妳不要用那麼若無其事的表情說，好嗎？」席恩翻動身體，才發現身上蓋著一件特製粉紅花紋的小棉被，還帶點淡淡的香水味。

「這件棉被是？」

「萍姊縫的，很可愛吧？」

「就算可愛也不適合我用吧？不過真看不出來那女人竟然有這種手藝！」

「我來到這裡的時候，很多人就流傳著，萍姊在我們這邊算是博學多聞的女人，她能當上這裡的管事，全靠她強硬的態度所爭取到的，不然以前這裡的環境可是糟糕到不能住人；換言之，這裡住的女人，她們各有各的工作，還有上司，但是回到這裡，她們只會聽一個人的話，那就是萍姊了。」

看著玲愛面帶微笑的說著這些事，有種說不出口的溫柔感，但是，席恩卻聯想到澡堂那一幕，無法專心的看著她的眼神。

「呼——」身旁女人們的打鼾聲傳了過來，有人說夢話，有人踢被子，其實女人也有隨性的一面，這是席恩想像不到的。

「嘎、嘎——」木造的房子有個缺點，就是有人上樓的時候，木頭的隔板會被踏得「嘎吱嘎吱」作響，如果不是大家睡得很熟的話，肯定會被晚上值班、交班的人們，吵得精神分裂。

「小愛還沒睡嗎？」萍姊手拿著酒杯走了過來。在外頭微微的燈光照射下，萍姊的頭髮沒有用髮髻綁起來，就這麼順著身體垂到腰間，加上她冷豔微醺的眼神，令人有種紙醉金迷的浮華感。偷看一眼的席恩，趕緊裝睡了起來。

「萍姊也是嗎？」

「我來看一下黑瞳的……」她走上前，正坐了下來，秀麗的手指撫摸著席恩的額頭。

「黑瞳好多了，可能是熱水泡太多的關係。」

「嗯……」萍姊一邊啜飲著手中美酒，一邊望著遠方的黃泉城。這輩子，直到轉生，萍姊知道她永遠都踏不進那個世界。

「萍姊有心事嗎？」

「我是那種會讓人擔心的女人嗎？妳不如擔心渡船機構的所有衣物妳都還沒洗呢！」

萍姊冷笑了一下，伸手將席恩身上的小棉被蓋了上去，然後起身去檢查通鋪的女孩們，將她們身上的棉被給蓋好，便走向樓下去。

「那女人一向都是口是心非的嗎？」席恩鑽出了小棉被，抬頭望著玲愛。

「事實不是很明顯嗎？走吧！幫我一起洗衣服。」玲愛抱起了席恩，小心翼翼的越過無數雙的腳，輕聲的下樓。

「妳要幫所有人洗衣服？」

「我是新人，所以這些事當然是由我來做。」玲愛看著大門旁，有一籃裝著全棟樓的女性換洗衣物，堆疊得滿到像座山一樣，而且還有幾件內衣褲掉到外面，就男性角度看來，有種幻想破滅的感覺。玲愛上前靜靜的撿拾著這些衣物，然後把它壓進籃子裡，然後搖搖晃晃的將洗衣籃抱了起來，這笨手笨腳的樣子非常的滑稽，但是想到玲愛要等到下個新人來，才能從這種惡夢解脫，席恩就感到非常同情。

門外有台鐵製的推車，玲愛輕輕把整籃的衣物放了上去，上面還有條細繩是讓人纏在腰上的，這種像是古代的生活小妙招，令席恩非常驚奇的看著。

「我看妳還滿習慣這裡的生活嘛？」席恩四腳並用的在後頭推著小推車。

「這些事情在家裡也常常做，倒不是什麼大不了的事，況且，做這種簡單花勞力的事情，時間也過得比較快，至少我是這樣覺得……」

「但我卻不行，第一天而已……我就非常想念家裡了，尤其是那個笨蛋姊姊……」席恩意志消沉的說著，卻不知道玲愛已經用雙溫柔的眼神望著他，是那種想說話安慰卻無從開口的悲傷表情。

「咦？」玲愛像是突然看到什麼似的，眼睛睜得大大的看著。

「怎麼了啊？我身上有什麼嗎？」席恩兩腳站立著，張開雙手東看西看的，連胯下也不放過。

「影子！席恩你爲什麼有影子？」

「影子？」席恩看著玲愛站在燈光下，竟然沒有影子，但是自己腳下卻有個影子。

「人死了以後，是不可能有影子的……」

「那妳的意思是說……」

「……席恩，你能隨意的動幾下嗎？」席恩看著自己的影子，然後轉了一圈，影子就轉了一圈，小跳躍一下，影子跟著小跳躍一下。但是仔細觀察，影子的動作確實慢了一拍，發現了破綻以後，席恩更賣力的動作著，後空翻、左翻、伏地挺身、前翻、單腳站立像舞者一樣的擺著姿勢再接奇怪的舞蹈……影子幾乎不動了，在原地喘著氣。

「呼……呼……」

「呼……呼……喵的咧！我的影子竟然給我在喘氣？」

「請問你是？」玲愛走上前俯低身體，看著那團黑影。

「呼……算你們厲害！本小姐的跟蹤術從來就不曾失手過。」影子慢慢在地板上化爲一灘水漬，然後慢慢的集中在一起，腳部、大腿、腰部、胸部、頭部直到雙馬尾的金色頭

髮出現，最後她的背部「唰」的一聲，展開了晶瑩剔透的翅膀，原本緊閉的雙眼，緩緩的睜了開來，一雙水亮的大眼望著玲愛他們。

「請問妳是？」

「這麼快就把我忘了啊？我叫做小焰喔！請記住我的名字。」

「小焰？誰啊？」席恩伸出貓掌，很好奇的輕輕觸碰眼前比他矮小的生物。

「哈哈哈！好癢喔！你這個失禮又變態的傢伙！別碰我！」

「小焰？妳說妳是閻婆婆手上的那本古書嗎？」

「正是本小姐沒錯，我可是閻婆婆創造出來獨一無二的精靈喔！」

小焰雙手叉腰擺出抬頭挺胸、趾高氣昂的模樣。

「請問小焰小姐爲什麼要跟蹤我們啊？」

「既然知道我是閻婆婆派來的，怎麼可能跟你們講目的……」

「啪！」席恩伸出貓掌像是在拍蟑螂一樣壓了下去，只見小焰渾身發抖的舉起他的貓掌大喊著：「你這隻臭野貓幹嘛啦！」

「沒什麼，只是突然想打妳而已。」

「既然小焰不能說的話，那我也不會追問下去。席恩，我們走吧！至少在大家起床之前，要把這些衣服洗完。」

玲愛再度拉著推車，自顧自的往河邊走過去，只剩下孤單的小焰一個人，鼓起嘴巴，慢慢的揮動翅膀跟了上去。

「嗳！若你們陪我玩個遊戲贏我的話，我有可能會透露一點消息給你們知道喔！」小焰飛到玲愛的肩頭上，順勢坐了下來，她伸手右手食指邊比劃邊說著。

「對不起，小焰小姐，我還有許多工作要做，可能沒辦法跟妳玩遊戲。」

「咦？難道妳都不想知道閻婆婆爲什麼要派我來監視妳的一舉一動嗎？」

「不想……應該說，有些事情不知道最好了。」玲愛一派輕鬆的前進著，讓肩頭上的小焰感到非常無聊。

「真的不想知道？」

「不想。」

席恩對於小焰的窮追猛打感到煩悶，只好插話說：「喂！妳先告訴我怎麼恢復原狀，我再跟妳玩遊戲。」

「你這隻蠢貓！本小姐才不會告訴你恢復身體的方法哩！那可是要找回心臟然後吞下去才能……唔！」

小焰發現失言，趕緊捂著嘴巴，一臉像是「糟糕了」表情望著席恩。

「哈哈哈！『蠢』這個字眼是用在妳身上吧？蟑螂般的妖精！」席恩大笑的說著。

「誰、誰是蟑螂啊！就、就算被你知道方法，你也沒辦法從閻婆婆身上拿回心臟的！」小焰急喘氣的解釋企圖補救自己的失言，但是看著席恩依舊擺出不在乎的表情，更加火大的瞪著他。

「小焰，妳人真好，其實妳只要說謊，慢慢接近我們的話，根本就不會有人察覺，但是妳卻不想那麼做，這就是有著善良天性的精靈才辦得到的。若妳想了解我的事情，只要我知道我都會告訴妳的。」

「真、真的嗎？哈哈！其實我是真的滿善良的啊！」席恩大眼瞪小眼的看著眼前這兩個天真無邪的笨蛋，根本無法理解爲什麼會有人這麼的單純，真話與謊言根本不適用於眼前這兩個女人的身上。

「好吧……既然妳都這麼說了……告訴我，爲什麼妳會知道『鎮魂玉』的存在？」

原本笑臉迎人的小焰，突然顏面完全變了一個人似的，那個感覺就像是閻婆婆上身一樣，飛向玲愛的眼前緊盯她的雙眼不放。

「為什麼知道嗎？……有個聲音出現在我的腦海裡……尤其是當閻婆婆將它拿出來的時候，那種感覺更強烈，連它的使用方式和功能，就像是有人在我的腦袋裡寫上這段文字敘述著……唔！」

玲愛突然感到頭腦快要爆炸一樣，很多奇怪的畫面入侵她的記憶，彷彿她身為人類的記憶是造假的，而那些血腥的畫面……才是她的本體。資料像是滿載般的造成迴路趨緩，漸漸累計後，產生當機的錯亂，玲愛眼球瞬間反白後，往前方倒了下去。

「喂——」席恩用身體阻擋了玲愛直接墜地所造成的傷害，使勁力氣的撐住大喊著：

「玲愛？玲愛？」

「玲愛——」

4

我依稀記得還身為人類的時候，回憶片段中，一張奇怪的面具總會出現在我的夢裡，黑白分明的眼球、額頭上纏有紅白相間的毛髮、兩顎間有著彎彎的獠牙，有點像鬼怪羅剎的樣子。

有個女孩總是戴著面具，既不拿面具遮臉，也不取下，只是把它當作裝飾品般的掛在頭上，然後露出迷惘的眼神看著天空，不知道在找尋著什麼。只要她一出現，身上總是會有紅色的液體，臉上的液體像是未乾涸一樣，慢慢順著輪廓滑至下巴後，滴向地面……像是剛殺了什麼生物一樣……

每當這個畫面出現後，我總會記得那年，剛滿十四歲，我的人生又要開始改寫了，我不知道活過多少次的十四年、十四歲，不多也不少；就像是花一樣，有著成長週期，茂盛、凋零直到死亡。

衣服，一直更換，旗袍、浴衣、長褲、短褲、長裙、短裙。

髮型，一直變換，長髮、短髮、瀏海、馬尾、雙馬尾、捲俏、中分。

臉蛋，一直調換，骨瘦如材、滿臉橫肉、瓜子臉、國字臉。

任何世代，我都活過；任何角色，我也都擔任過，卻沒有任何一個角色，突破那十四年的界線，一道橫越不過的高牆阻擋著我……

每當十四歲，我一定會死去。路上遇到發狂的殺人犯、莫名其妙的從天降下汽車、劫財後被滅口、同學在教室打鬧就突然有美工刀飛來、在家吃飯從外面射來的子彈、為了救動物被失控的車撞上、被父母殺、被同學殺、被奇怪的人殺……就像是逃脫不了的十四歲，詛咒般的十四歲。

唯一沒變的，就是那雙迷惘的眼神，像是沒笑過一樣，孤獨、沒有朋友，沒有人可以分擔這種輪迴，一直、一直都……

不對，這一次有一點不同，以前試著反抗命運，卻沒有人肯幫助，但是，這次卻不一樣，有個人，有個男人犧牲生命，就是為了幫助她，雖然這次的結局就目前看來，仍是個死局，但是改變了……

我已經十四歲了，我的生命竟然不再重生，而是繼續的延續下去，那個關鍵在於那個男人，他叫做……叫做……打開謎底之門的鑰匙就是他了。

他叫做……

「席恩──」

眼前的畫面出現了高矮胖瘦、有年輕、有年老的女人正圍著她看著，每個人的眼神跟表情，都是被她瞬間坐起身的動作給嚇到。只有一個女人在竊笑著，那個人正是渡船機構的管事──「萍姊」，她正用雙不安好心的眼神望著自己，左手遮在微露的牙齦上，「呵呵」地笑著。

「大家……」玲愛左看右看，渡船機構的所有女性同仁都來關心著她。

「沒事就好、沒事就好了，你先躺下休息吧！其他人回去工作啦！別看了！」

一個中年女人開始招呼身旁的人，向萍姊點頭示意後，起身離開玲愛的身邊。

「剛聽醫生說妳昏倒的原因，是因爲過勞的關係，但是，新人幫女性宿舍打雜的傳統，我不會因爲這樣而做更改。而妳，也必須咬牙撐到下一個新人來，妳才可以擺脫新人的責任，這點我在這裡跟妳說明一下。」

「對不起，我已經沒事了，等一下我馬上去幫大家洗衣服……」「不用了。」

正要起身的玲愛，被萍姊一手壓了回去。

「今天例外，況且大家聽到妳昏倒的時候，就有許多人跳出來說要幫妳洗了，所以，妳今天就安心的好好休養，一切從明天再開始吧！」

玲愛聽到平常嚴厲的萍姊竟然如此的關心她，不知不覺的流下眼睞。

「啊！妳也真是！我不是說過我很討厭愛哭的女人嗎？哭是柔弱的象徵，我可不希望我的底下有個凡事都需要依靠的女人存在，知道嗎？」

「是！我知道了。」玲愛趕緊擦拭眼淚，鼓起精神東張西望起來，卻不見席恩和小焰的身影，焦急的問：「請問萍姊，黑瞳去哪了？」

「妳說黑瞳啊？我現在才知道牠超聰明的，雖然不會說話，但是我們講的，牠都會做也會聽，所以我就請牠送醫生到黃泉城的大門了，我在想，現在也差不多要回來了吧？」

萍姊看著人聲鼎沸的街道，若是換算人類世界的時間，現在起碼是中午用餐時刻，湧現吃飯人潮一點也不爲過。

「好了，今天的班次有人先幫妳去了，記得我說過的話吧？」

「欠人東西兩倍償還，才是還人情，對吧？萍姊！」

「的確，哈哈！」

玲愛說完，兩人就哈哈大笑了起來。

「好了，我要去忙了。」萍姊所說的忙，其實是去買醉，只要休假期間，萍姊就是喝酒、抽菸，據她所說，這種像是中年大叔的生活，才叫做享受人生，但是要從早醉到晚上那種感覺，那不是正常人可以體會的。

玲愛聽著木造階梯發出「嘎吱嘎吱」的下樓聲，慢慢的坐起身，輕喊著：「小焰？妳在嗎？」

玲愛一連叫了好幾聲，都沒有動靜，除了外面的叫賣聲外，只剩木造房子發出的走動聲。正當她要躺下休息的時候，突然感覺到胸口有東西爬動著，玲愛頓時驚嚇得不敢亂動，臉上發出著像是有蛇爬上身的那種驚恐感，屏息的看著浴衣裡面的「東西」自已爬出來，突然間……

啪啦！玲愛的浴衣就像窗簾一樣，被用力的拉了開來。

「啊——」伴隨著玲愛的尖叫，小焰一臉剛睡醒的模樣揉著眼睛望著她。

「妳、妳爲什麼躲在我那個地方啦！」玲愛滿臉通紅的說著，趕緊把衣衫不整的浴衣重新綁好。

「我的『擬態術』一天只能用一次，爲了不讓其他人發現我的存在，只好躲在妳的衣服裡了，不過妳的小枕頭好舒服喔！」小焰坐在玲愛的腿上，伸著懶腰說著，門外的強風吹得小焰的馬尾四處飛散。

「怎麼嘛……我看今天的風很大，而且席恩到現在還沒回來，我有點擔心……」

今天窗外的風比平常還要強，據說這是地獄來了重量級人物的關係，但是也有可能是「羅刹」那一方的鬼怪，又從人類世界重新轉生回到地獄。每當這個時候，渡船機構的人們，總是會特別當心，因爲原本平靜的河水，會形成險惡隨時準備吞噬的大怪獸，一不小心翻了船，那才真的是陷入萬劫不復的深淵。

在風速最強的時候，初始地的管理者就會暫時把地獄之門關起，因爲這天羅刹的鬼怪會從奈落河裡爬上來，襲擊毫無防備剛來到地獄的鬼魂。所以在最後關閉的時間點，也是最危險的時段，不管是對渡船人和是初生的鬼魂，都有可能發生意外，而被拖去奈落河底層。

唯一能拿捏好這種時機駕船的人，只有萍姊一個。

咚、咚、咚——

樓梯間有人急促的跑上樓，一個女人急喘著氣說：「小、小愛……呼、呼……有、有沒看到萍姊啊？」

「發生什麼事了？小文姊？」

「不好了啊！今天風浪太大了，初始地那裡還有一個人被留在那裡，據說他的體積還滿龐大的，所以沒人敢接應他，況且萍姊今天休假，不知道跑哪去喝酒了！完蛋了、完蛋了！這個月我們渡船機構再發生初生鬼魂被羅刹的鬼怪抓走的事件，整年度的考績絕對會被打上丙等的！哇——要被扣薪了！怎麼辦啊？怎麼辦？」

女人鬼哭狼嚎似的又衝下樓找萍姊蹤跡去了。

「搞什麼啊！竟然爲了扣薪這種事情擔心！」小焰從玲愛的浴衣領口鑽了出來，一個小跳躍跳到地板上。

「這不能怪她們，那是因爲閻婆婆的政策，大家想盡辦法存夠錢，就是要住進黃泉城裡去，要在這裡生活到轉生，誰也不願意吧？」

玲愛站起身，把浴衣直接脫了下來，走向衣櫥邊取出她的黑色學生水手服，迅速的換了上去。

「婆婆才不是這種人咧！……喂！妳要去哪啊？該不會……」

「對，我要去載那個客人，平常受到渡船機構的同仁照顧，這次該我有所表現，這可是萍姊所說的欠人恩惠，兩倍還的道理。」

玲愛白皙的大腿，套上黑色的長筒襪後，準備往樓下跑去。

「等我一下！我也去！」小焰意志堅定的看著她。玲愛點點頭，衝上前把小焰收到衣領內，快跑的衝到一樓去。

「唔哇———」途中有人被莽撞的玲愛撞飛了手中的衣服，一邊大罵著：「小愛！別在走廊上奔跑，很危險的！」

「對不起！」

三步並兩步的往階梯跳下去，到了一樓的時候，玲愛迅速伸腳踏上了黑皮鞋，來回蹬了幾次後腳後，黑皮鞋就輕鬆的調整到定位。

「小愛?妳不是在休養嗎?妳要去哪裡？」

「小蘭姊，不好意思!麻煩萍姊回來的時候，幫我跟她說一聲我去接應最後那個客人，請她不用擔心。」

「小、小愛，妳別開玩笑了！快回來啊！這種風浪連我們經驗老道的人，都沒有把握能回得來呀！」

看著玲愛趕去渡船場的身影，整個渡船機構開始人心惶惶的找尋著萍姊的蹤影，希望能趕快阻止玲愛自殺的行爲。

「聽她們的口氣，好像是很危險的事情吧？」

小焰從衣領探出頭問著，眼前的景色正因爲玲愛的衝刺，而顯得異常的緊張。

「我有親眼看過萍姊在這種天氣駕過船，所以她的訣竅我是最了解的，況且，要我眼睜睜看到初始地的那位無辜的鬼魂，被羅刹那群人拉到奈落河下的話，我一輩子也不會原諒自己的！我就是因爲這樣才反抗閻婆婆的，我也希望藉由這個機會讓妳明白，不管是人類的世界，還是地獄的世界，每個地方的生命，都是無可比擬的珍貴！希望妳回去以後，能把我的心聲轉達給閻婆婆知道。」玲愛滿臉沉重的說著。

「好……我答應妳……」

到了岸邊，玲愛隨即將一艘固定住的小船解掉，從一旁的小倉庫裡取出了船槳。

「妳說妳親眼見過那位技術高超的萍姊駕過船，但是妳有坐在上面過嗎？實際操作和觀看學習是不一樣的吧？」

「別說話！抓緊我！」

一個助跑，玲愛跌坐在差點被風吹遠的小船上。

「呼……呼……我可以回答妳剛才的問題，那是因爲……」

河水倒灌一點進來小船裡，把玲愛的衣服都浸溼了。

「我下來地獄的那天，風浪跟這次一樣大，而載我的人，正是萍姊……」

一小時前……

「好了。這女孩只是有點疲倦，讓她多休息一下就沒事了。」

「凱特婆婆，非常謝謝妳，這些錢是我們渡船機構所有人這些年來的看診費，請您務必收下。」萍姊恭恭敬敬的遞上一小包用麻布袋裝起來的東西，封口還用一條土黃色的細繩打上了蝴蝶結，從外觀看起來，鼓鼓的感覺和形狀，似乎是塞滿硬幣才有的容量。

「啊呀呀——我不是說不用了嗎？我又不缺錢，你們就把這些錢用在這裡的建設上不就好了？」

「不行啊！長年來受到凱特婆婆的照顧，我們沒什麼名貴的東西可以送您。我們薪資不多，但是我們知道受人恩惠，要雙倍償還這個道理，這也是我們最低的尊嚴，所以請婆婆務必要收下我們微薄的謝禮，來感謝您多年來的恩惠！」

萍姊鏗鏘有力的說完，九十度的鞠躬。這老婆婆想必是窮人們非常尊敬的對象，連平常專橫跋扈的萍姊，說話都是以敬語相稱，果真是個大人物啊！

「啊呀呀——既然妳們都這麼說了，不然就讓那隻黑貓送我回家好了！我的老花眼越來越嚴重，有個動物陪伴就會踏實點。」凱特婆婆話一說完，所有人的目光都注視著席恩。

「喵……」席恩以想開口卻不能開口的無辜表情望著大家。

「啊！凱特婆婆您好厲害喔！這隻黑貓叫做『黑瞳』，因爲牠很聰明的叼著玲愛的浴衣上的領花，我們才知道這個女孩昏倒了，所以我相信黑瞳絕對很樂意護送婆婆回去的！」萍姊興奮的回應著，因爲她終於有東西可以回報眼前的老婆婆，所以感到豁然開朗。

正當席恩還在狀況外神遊的時候，已經身在門口望著萍姊她們。

「一路慢走喔！凱特婆婆！黑瞳！記得要多留意婆婆，別讓她受傷了！」

「喵……」席恩有氣無力的回答後，回頭望著凱特婆婆跟大家揮手道別。

一路上，因爲凱特婆婆行走速度非常的慢，所以席恩要不定時的回頭留意著她的動向。因爲玲愛昏倒的關係，席恩才從萍姊口中知道，黃泉城的醫生非常少，加上看診費用非常昂貴，所以居住在黃泉城外的窮苦人家，沒有重大疾病通常是不會請醫生來看的；除了一位很奇怪的醫生存在，她只跟城內的有錢人家收看診費，卻從來不收取城外民眾的費用，而且，只要有求於她，不管什麼時間、什麼場合，她都會前來。

「小黑貓，住在城外很不方便吧？要不要跟凱特婆婆一起住啊？城裡面的環境可是很不錯的地方喔！」

這次來幫玲愛看診的醫生是一位老婆婆，但是要從外觀來看，她根本就是個貴婦暴發戶之類的角色，全身黑白相間的洋裝長裙，還特別在尾端縫上精心設計的蕾絲網邊，配上她頭戴的白黑色貴婦帽，實在很難想像她是個醫生。

誰想跟妳一起住啊！難道城裡都住著這種沒品味的人嗎？正當席恩如此想的時候，凱特婆婆已經把通行證拿了出來，遞給大門兩個像小鬼頭的男性和女性守衛檢驗，當通行者是男人，就由男性守衛檢查身體上下，如果是女人，就逆向操作，看似非常人性化的設定，但是……

「老婆婆！這畜牲是妳養的動物嗎？」女性守衛一邊檢查醫生的身體，一邊張望著席恩。

畜……畜牲啊！這個看起來就是閻婆婆魔法製造出來的人偶，竟然也有本尊那種高傲的氣息，根本就是從裡到外的瞧不起人，太令人火大了！

「喵——嗚——」

女性守衛檢查完凱特醫生後，立刻轉移到席恩的身上，把席恩全身上下都摸透後，用力往屁股拍了一下說：「好了，無異狀，可以進去了。」

「啊呀呀！小黑貓，要跟緊我喔！城裡很大，我怕你會迷路。」凱特婆婆滿臉皺紋的笑著，一邊走上前準備抱起席恩。

「誰說我要跟妳這老太婆進城裡！還不是那個臭女人要我帶路，不然我才不想來到這裡咧！」正當席恩如此想，一邊左閃右閃的準備朝大門跑出去的時候，臉部肌肉突然像是黏在牆壁上，不知道什麼時候有層透明層防護罩阻擋去路。席恩退了幾步，端看著眼前聳立的鐵造大門依然敞開著，原來真的大門是魔法建構成的透明門，鐵製的大門只是個幌子，這種雙保險的構想，不愧是陰險狠毒的閻婆婆會做的事情。

「你這牲畜給我聽話一點，再硬闖我們的黃泉城大門，小心我以『閻婆婆律法第三十一條的擅闖大門之罪』，把你移送律法所審判！」

男性守衛用力的踩著席恩，一手抓住脖子，準備把席恩用力的丟回去城裡面。

「啊呀呀！人偶就該有人偶的樣子，何必這麼粗魯呢？」

凱特婆婆右手食指移往下比劃著，男性守衛的手臂頓時被拉長到地面，「輕輕」地放我下來。

「妳這個大膽刁民！敢對閻婆婆的守衛施展魔法，我要對妳……唔、唔！」

凱特婆婆食指移往女性守衛的嘴巴劃了一筆，女守衛頓時就像被縫上嘴巴一樣，無法說話。

「身為黃泉城的守衛，也是代表著門面，如此的蠻橫無理，難怪居城外的民眾這麼怕我們，啊呀呀……我看你們就好好的罰站半天吧！」

凱特婆婆的眼神一瞪，兩個守衛立刻直挺挺的站好，一動也不動。

這麼可怕的法術有如閻婆婆上身，讓席恩不敢輕舉亂動的兩腳站立著，雙手高舉投降、表情呆滯的望著她。

「啊呀呀！小黑貓嚇到你了嗎？不用怕、不用怕，我的法術只會教訓壞人，不會對無辜的生命使用的，這點請放心吧！好了——我們該出發了。」

凱特婆婆雙手背在後腰上，慢慢的往城裡走了進去，這時候的席恩才發現整個城裡的地面，是用朱紅色的磚頭鋪成的道路，街道都是經過規劃才建成的木造房屋，不像城外的雜亂無章，路燈很人性化的跟隨著經過的人群們移動，經過的地方幾乎沒有任何昏暗的死角，而街上的人們，根本是一種閒暇的神情在散步聊天著，與城外的人們忙碌、冷漠的神情相比，這裡好比地獄中的天堂嘛！

「小黑貓，現在可以告訴我你的名字了吧？」凱特婆婆與席恩並行的走著，突然開口問道。

「我叫做……黑瞳……咦——」席恩的表情像是妳怎麼知道我會說話的表情。

「啊呀呀——你裝成貓不說話，也頂多騙騙外面的市井小民，但是瞞不過我的眼睛的，被封印在貓軀殼中的你，我可是看得很清楚喔！來吧！跟我說說你身爲人類時候的名字吧？」

「我叫做席恩。」

「席恩……真是不錯的名字啊！」

「……婆婆，妳到底是誰？」

「啊呀呀！請不要那麼急嘛！我們先回到家裡再說也不遲。」

原本以爲穿著華麗的凱特婆婆是住在哪個豪華的別墅，結果她越走越偏離城中心，走到人煙稀少荒蕪的城牆邊，那裡有個小小的帆布蓋著。凱特婆婆走上前把帆布掀了開來，裡面有個像是受到破壞，而產生不規則的凹洞。

「來吧！進來裡面吧！」

「裡、裡面？婆婆這裡面是妳的家嗎？」

凱特婆婆沒有多說什麼，只有微笑的點點頭，席恩只好帶著忐忑不安的心情走了進去。從外面看來，裡面應該是充滿潮濕、發霉的味道，但是實際進來才發現，裡面其實沒有這麼難受，而且……

「哄——」每走一段路，牆壁兩邊的火把就會燒了起來，非常奇特的藍色火焰一道道的亮了起來，遠處有道白光照了進來，想必那裡就是出口了，迫不及待的席恩，趕緊跑了過去，越靠近出口，白光就越強烈……

「咻——」刺眼的白光照得席恩睜不開眼睛，而且四周可以感受到溫暖的空氣，那種味道就像是陽光曝曬的氣味。「呼——」席恩大口大口的吸氣著，這裡的空氣異常的清新。

「怎麼了？習慣這裡的空氣了嗎？可以試著慢慢睜開眼睛了。」

凱特婆婆不知不覺已經走到席恩的旁邊，輕聲的問著。

席恩慢慢睜開眼睛，眼前畫面充滿了綠色，應該說四周都被大草原給包圍住，唯獨一棟歷史悠久的木造屋子佇立在大草原中間；抬頭一看，天空是蔚藍色的，太陽正高掛在天空，回頭看著剛才進來的入口，原來是座落在小山丘中的山腳下，簡直是一種造物主的奇觀嘛！

「難道這個地方是人類的世界嗎？竟然藏著通往地獄的入口？」

「啊呀呀！你會這樣覺得也是無可厚非的，但是，這裡景色卻是假的，這裡依舊是地獄。」

「啪！」凱特婆婆彈指了一下，瞬間景色暗了下來，恢復了黑濛濛的長夜。伸手不見五指的黑，使得四周的溫度驟降，也因爲草原中的房子發出了微光，而有了一絲絲的溫暖。

「這種反差好大……」

「水能載舟，也能覆舟。從剛才開始，我只是動了一個手腳，就是把四周的背景替換掉而已，你就能感受到與剛剛不同的環境。所以，如果一個人的魔法是用在創造出人們的幸福的話，那這裡就不用分成兩個世界了。」

凱特婆婆用手勢示意著席恩進屋裡去，兩人前腳才剛踏上前庭的地板，屋子的大門就自動開了起來。原本席恩還在遲疑著要不要進去，婆婆就已經站在門後微笑，要席恩安心的進來，席恩不疑有他就走了進去，「咔嚓」門被輕輕的關上。

「找張椅子坐吧！想喝什麼呢？」

「嗯……我想，我現在這個樣子也只能喝牛奶吧？」

席恩四處的看著，屋裡的擺設十分簡單，一張木桌，四張木矮椅再加上一張搖椅、一張床、一個衣架、一間盥洗室、五個書架、一座正在燃燒的壁爐，就沒有其他家具了，連地板都沒有鋪上地毯，看起來就是非常簡陋……不，是非常節儉的地方。

「啊呀呀！身為人類的話，奶茶就可以喝了吧？」

「人類？婆婆你說我是人類……唔哇！」

不知不覺，席恩的視線已經恢復到正常人的高度，伸出手來，竟然看見五根手指，這時候席恩已經迫不及待的碰觸自己的臉，非常熟悉，回來了，這是自己的臉……

「先別高興的太早，這是這屋子內的『禁魔』裝置所造成的，它能脫掉你在這個世界被賦予的外裝、包裝被詛咒的你。但是，一旦走出這間房子以後，十五分鐘內又將恢復原樣。」婆婆從衣架上拿了一件長大衣遞給了我。

「嗯？婆婆我不冷啊……」

「房裡很溫暖是沒錯，但是你可是光溜溜的呀！」

凱特婆婆剛說完，席恩才發現自己身上根本一絲不掛，正裸體的面對婆婆，難怪她會說上這一句。

「哈哈哈！我對我的身材還滿驕傲的。」

不知道從哪來的自信，我接過婆婆的大衣圍了上去。

「坐吧！」

我找了張椅子坐了下來，結果桌面上的杯子自動的擺好，茶葉從鐵罐裡飛舞了起來，然後落在一旁的茶壺裡，原本懸掛在壁爐上的水壺，慢慢的飄了過來，將熱水注入裡面後，又自動的飛回去原位，如此的分工合作，看得席恩有點咋舌。

「在進入正題之前，我想先給你看看一個東西。」正當席恩東張西望看著那些神奇的物件時，凱特婆婆拿著裝滿牛奶的鐵杯走了過來，慢慢的注入在茶壺裡，沒多久，房子裡就充滿了奶茶的香味，香氣宜人。

「東西？」

「那個女孩的過去。我指的是我今天看診的那位，她叫做玲愛是吧？」

「她的確叫玲愛沒錯，但是她身爲人類的過去有什麼好看的？就算她過得很不平凡還是很不幸，現在的她依然還是她，我不會因爲她的過去而對她態度有任何改變……」

「唉呀呀！等看完這個東西，你再來決定是否有足夠的自信來承接她的命運吧！」凱特婆婆從口中吐出了一個氣泡，慢慢的飄向席恩，慢慢的靠了過來後，「砰」一聲，氣泡破了，席恩的思緒瞬間被抽離了一樣，大量湧入玲愛過往的回憶，原本以爲只是單純的片段，但是隨著記憶的播放，那種盤根錯節集合在一起的衝動，使席恩甦醒了起來。

「呼……呼……」

席恩大口的喘著氣，一睜開眼，桌上的杯子已經裝滿了奶茶，溫熱的白煙正飄散在眼前，讓人有種不切實際的存在感。

「婆婆，這些回憶是？」

「嗯……不急，先喝杯茶再說吧！」席恩爲了想趕快知道答案，趕緊啜飲了一口，繼續追問下去。

「婆婆，可以告訴我了吧？」

「玲愛啊……要不是今天的看診碰觸了她，不然我還不知道人間和地獄，竟然有這麼一個可悲的生命存在。」

「爲什麼她活不過十四歲？受到詛咒嗎？」

「不，這不是詛咒，她的轉生只爲了一個機會和目的，但是動機是什麼就不得而知了。我只知道的是她全身上下充滿了非比尋常的魔力，足以摧毀黃泉城的力量，但是她的心卻是如此的純潔慈愛，這是因爲她長期的觀看人類世界的結果，以人類遭遇到的不幸，換來悲天憫人的胸襟和領悟。」

「唔……」席恩沉默的看著地上發呆，還沒看過玲愛的回憶以前，以爲自己可以承擔她的過去，結果現在的自己卻猶豫、害怕了。

「婆婆，有解救玲愛的方法嗎？我不想再讓她受罪了，她的回憶太可悲，一個人孤獨的奮鬥，到底是爲了什麼？」

「解決的方法不是沒有，但是操控她的人還沒有現身，所以如何解救她脫離命運，那還要等到那個人出現才說得準。但是，那個人的出現，我有個預感，這個世界一定會受到毀滅性的破壞，就算如此，你也要解救她嗎？」

「當然！我會帶著她突破這道命運的！」

「哎呀呀！聽你的覺悟，真讓我感到放心。來吧！這個給你。」

凱特婆婆把她脖子上的項鍊取了下來，項鍊的尾端是由紫紅色的尖銳牙齒所串成的，非常奇特的物品。

「這個是？」

「這個寶石是我用畢生的魔力一點一滴匯集而成的，它純淨的起源最適合破壞黑暗中的物質。當你需要它的力量的時候，就抓緊它大喊『解放』，它就會回應你的要求了。」

席恩俯低身體，讓凱特婆婆將那條項鍊掛在自己脖子上。

「婆婆，妳還沒說妳到底是誰呢……」

「我想，答案會由待會到來的那個人跟你說明。奶茶的味道如何?再喝一杯好嗎?」

「好的，謝謝婆婆。」

看著奶茶注滿自己的杯子以後，婆婆又轉向另一個空杯將它注滿，正當席恩感覺奇怪的時候，房門突然被打開來了……

5

在強風大浪中，玲愛終於到達了初始地，在即將被浪淹沒的土地上，有個穿著白色西裝戴著白色高帽的肥胖男人，正坐在行李箱上，因爲頭低低的關係，完全看不到臉部的特徵。

「對不起！客人我來晚了！真是萬分的抱歉！」

那位客人像是突然打盹後被吵醒一樣，杵著下巴的右手抽動了一下，看來他真的是睡著了……面對眼前如此險惡的環境，他竟然睡著了？

正當玲愛如此想的時候，男人眨著眼睛看著玲愛。

「對、對不起！客人，我是這次的渡船人——玲愛，請多多指教！」

男人抬起頭來的時候，玲愛才發現那個男人有著貓型的臉部，毛色是純黑的那種，他正感謝的向玲愛九十度鞠躬。玲愛嚇了一跳，但是客人都那麼有禮了，玲愛也不顧風浪的大小，保持著重心向他回九十度鞠躬的禮節。

「他、他、他的體重看起來會把小船壓垮耶！妳確定要讓他上來嗎？」小焰從玲愛的領口探頭慌張的說著。

「當然！我都已經到這裡了，早就有這種覺悟了！」玲愛輕聲的說著，一邊看著貓人拿著行李靠了過來。

「客人不好意思，行李我先幫你放在船上吧……」

玲愛伸出手順勢要接過貓人手中的行李，結果——瞬間被行李的重量給壓得背部拱了起來，臉部除了瞪大嘴臉的驚訝之外，腳部也因為承受巨大的重量，而不斷發抖著，整個小船因爲行李的重量導致傾斜一邊。

「呀——快翻船了、快翻船了！」小焰不斷驚聲尖叫著，但是玲愛卻用力的穩住船身，保持平衡一步一步的將行李移往中間固定後，小焰與她才鬆了一口氣。

「客人不好意思，讓您久等了。」

貓人點點頭，一隻右腳才剛踏上去，船身立刻傾斜快四十五度，嚇得小焰到處尖叫。只要把行李的重心往後面移一下，就可以平衡船身，正當玲愛如此想的時候，貓人已經完全站了上來，一屁股坐了下去，完全不怕船身吃水已經快到臨界點。

「哇哇！有什麼辦法啊！小愛！船快沉了啊！只要浪一打進來，船就越陷越深了，已經快要翻船了！」小焰已經語無倫次的說著。

「噓——小聲點！這種無禮的話，不能讓客人聽到，我們要把危險降到最低，如果讓客人知道船身危險而大鬧起來的話，我們處境就更加危急了，妳知道嗎？所以要冷靜一點，來，我需要妳的幫忙。」

玲愛從船頭取來了一個小勺子，是專門給小船進水的時候，自行做清積水的動作，她把小勺子放在船身，然後從領口中，小心的抓著小焰下來，對著她說：「現在這個情況，妳必須要幫我做清積水的動作，這種東西我們不能麻煩客人，所以真的要麻煩妳了……」

「啥！妳竟然叫我做事？難道妳不知道我是誰嗎？我可是……」

「妳不做，我們就會一起死掉！」玲愛生氣的說，她的眼神不像是在開玩笑，而是認真的神情。

「好啦！我知道。麻煩妳好好操船，別讓積水進來太多，因爲我的力量有限。」

「好，我會的，謝謝妳的幫忙。」玲愛立即拿著船槳，一邊在大浪中保持著平衡，還要細心的觀察浪的大小，判別划水的角度和力道，如同經驗老道的船夫一樣。

看著玲愛精湛的技術，小焰心中一陣讚嘆，一邊回頭望著那位客人。客人竟然在這種極度搖晃的小船中睡著了！而且還睡的很熟，完全是把生命丟給了玲愛去管理，非常誇張的舉動，讓小焰看傻了眼。

「小焰！不要發呆！有一個閃失就拉不回船身了！」

「嗯……我知道了！」小焰被玲愛的專注給憾動了，更賣力用小小的身軀把浪打進來的積水清了出去。

「啪喳！」

河面突然像是有什麼生物竄了出來一樣，往河面隨處亂抓著。

「那些是……」看著玲愛糾結驚訝的神情，小焰抖動著翅膀飛向船側邊緣，往奈落河面上看去。小船搖晃劇烈讓燈火在巨浪下呈現出若有似無的感覺，彷彿像是有人玩弄電燈開關一樣。

屏氣凝神一看，確實有「某種」東西在河面上搖曳著，動作如同黑色蓮花綻放，然後收縮，看似美麗卻充滿危險的黑色尖手正在等待玲愛的小船自投羅網。

「小愛！是羅刹那方的惡鬼的人！有沒有辦法避開他們啊？」

玲愛集中精神的望著，但是河面上出現黑色尖手的範圍實在太廣了，雖然收縮後黑手會沉到奈落河下，但那也僅有幾十秒鐘的事情，然後又伸上來四處亂抓，好像是快要溺水的人所做的事情。況且，出現不規則的頻率超過人類可以預判的時機點，數量也慢慢佔據了整個河面，無數雙黑手盤根錯節的亂抓，像是衝著某種東西而來……

燈光？玲愛放下手邊的船槳，迅速的將船頭的燈火罩打開來，讓強風吹熄了它。

「小愛！妳幹嘛要把燈火吹熄啊？這樣我根本看不到了！」

「羅刹那些惡鬼們是被小船的燈火吸引了過來，所以我們要用現在的餘光穿越過去！」

確實，小船的燈火一熄，習慣燈光的視覺馬上就連周圍都看不到了，但是，那也只是短暫的視覺神經麻痺而已，閉上眼沒多久，四周灰暗的景色漸漸就看的清楚，雖然能見度不是很高，但這樣就已經足夠。羅刹的惡鬼們也是如此，失去了目標，反而無所適從的散布在河面上游走著，而不是集中於玲愛小船周圍的水域上，就結果而言，危機確實少了一半，但是，還不到放鬆警戒時候……

突然間，一雙透明呈現黑紫色光芒的手伸了上來，慢慢從船尾的貓人身上爬了上去，直到小焰發覺的時候，那雙手已經纏在貓人的脖子上……

「……小、小愛……客人……客人被……」

聽到聲音轉頭的玲愛頓時張大了眼睛和嘴巴，冷汗直流「唔唔」地嚇得發不出聲音。

那一瞬間，纏在貓人脖子的黑手，用力往下拉去，快、狠、準的用力施力著……

但是，貓人肥胖的身軀一動也不動，白色紳士帽下還可以依稀看到他打鼾的鼻水氣泡，完完全全沒有察覺這件事，使得那雙從奈落伸上雙手的惡鬼，非常無奈的淒聲「啊啊」的慘叫著。

「小愛，趁現在！」小焰的聲音把玲愛從絕望的思緒拉了回來，她拿了手中的船槳，擺出劍道上段的姿勢衝上前朝著那雙黑手砍劈了下去。

「啪滋！」那種觸感像是砍中樹枝一樣，枯瘦無肉的感覺由船槳傳到玲愛的手中，噁心的味道從胃裡翻騰著，直到船槳撞擊到船尾的邊緣發出「咚」的厚實聲，黑手硬生生的被玲愛斬去手腕斷成二截，慢慢的滑下船邊發出淒厲的叫聲消失在波濤洶湧的河面上；而留在貓人頸部的殘存手指像是菸灰一樣，發出了淡淡的白光之後，消失怠盡。

「呼……」

正當鬆一口氣的時候，一雙、兩雙……更多雙手伸了上來，緊緊的纏在貓人的全身上下，包得密不透風，這種畫面嚇得玲愛汗毛直立的再度舉起船槳揮砍過去。

那種「啪滋啪滋」的聲音不絕於耳，整個河面都是淒厲的叫喊聲，好比迴音一樣，接連不斷的播放著。

「太、太多了吧！」正當玲愛疲於奔命的時候，一雙黑色的手，緊緊的抓在她的腳邊。等到玲愛察覺的時候，那雙黑色的手用盡力氣把玲愛往河面上倒掛的舉起來，正想往河裡拖下去，但是玲愛雙手緊緊抓著船側的凹槽不放，咬緊牙根的伸出右手想要取得掉在附近的船槳……

越靠近越吃力，全身不斷顫抖著，好不容易食指才剛碰觸到船槳柄端後，瞬間又被拉得脫離原位，應該是說後方的拉扯力突然變強的關係，轉身一看，原本一雙羅刹惡鬼手已經變成三雙在抓著玲愛不放，死命的想要把她拖進奈落河裡。

「唔……啊……」玲愛緊抓著凹槽的手指因爲力氣耗盡而慢慢放開來，整個人的重心就快被羅刹惡鬼拖去河裡了，不由得吃力的大喊著。

「哇——玲、玲愛？誰來救、救……」正在清積水的小焰這時候才發現玲愛已經被惡鬼們抓住，而且身後黑色的手，已經多到數不清了，眼看玲愛就要喪生河裡，自己卻無能爲力的傻楞在原地。

無名指鬆開了……中指鬆開了……就連食指都快撐不住惡鬼們的拉扯力，緊閉雙眼的玲愛，全身顫抖的只能依靠食指勾住生存的最後希望，但是沾過水的木板，讓玲愛食指一滑，「啵」的一聲，就像真空罐頭一樣，一旦空氣進入後，輕而易舉的就可以將之打開，毫不費力，就像眼前的羅刹惡鬼把玲愛拖進奈落河一樣，簡單又容易。

「啊……」玲愛看著眼前的小焰還有無辜的客人正等待著自己將小船開回黃泉城，但是自己卻不爭氣的反被惡鬼拖下河裡，最後的目光像是慢動作般的播放著，伸出無助的雙手不斷在空氣中尋求一點奇蹟，斗大淚珠從淚腺裡擠了出來，用多麼不甘心的眼神望著他們……

「啪！」

突然間，玲愛的手腕像是有種莫名的力量抓住了她，而身後的惡鬼們的拉扯力瞬間消失怠盡，低頭一看，竟然是貓人帥氣的伸出肥碩的右手緊緊抓牢她，但是卻無法說明爲什麼會有股力量把身後的惡鬼力氣給瓦解掉。不然玲愛這種情況照理論來講，絕對會像五馬分屍一樣的痛苦才對，而不是單方面被貓人拉回船面上。

「碰！」玲愛一屁股的坐在船上，似乎還未從驚恐中甦醒過來，雙眼無神的看著身上纏繞的無數雙鬼手化爲菸灰消失怠盡。

「小愛！」小焰喜極而泣的抱著她，玲愛回過神後轉向貓人，準備向他道謝。

「那個……」玲愛正要開口的時候，貓人像是深眠般無意識的伸手抓抓自己臉頰，繼續熟睡。玲愛和小焰驚訝得面面相覷，實在無法解釋眼前的客人到底施了什麼魔法。

「小愛！惡鬼又來了！」小焰手指著玲愛身後又竄出的一隻黑手，從死裡逃生的她，心中早已經不再有「害怕」這個詞了，舉起船槳後，眼神尖銳的往黑手方向一掃，羅刹的黑手頓時消失在小船邊。那揮擊船槳的動作之快，連小焰的肉眼都無法完全捕捉到，只見玲愛像是大夢初醒般的大口喘氣著，好像做了什麼激烈運動一樣，露出疲憊的神情。

「咚！」

看得出神的小焰突然眼前一黑，被一個對她來說是巨大的羅刹黑手捕獲住，正要抓進奈落河裡的時候，一隻白皙纖細的手指抓住惡鬼的手腕，用力的往上一拋，彈指之間，羅刹的身軀被斬成無數片段，被困在黑牢裡的小焰頓時看到眼前光線像是碎片般的破散出來，整個人像是自由落體般的向下滑落，殘留在眼角餘光的景色，則是面露紅色目光單腳跪地做出斬擊動作的玲愛……

若要說眼前女孩處於覺醒狀態，一點也不為過。但是那種潛在的特質足以讓人無法屏氣凝神的直視著，太驚人了！這女孩子根本……

「唔……」

小焰摔落在玲愛白皙的手掌上，這時候的玲愛已經不再是可怕惡鬼般的眼神，取而代之的是原先清純無知的少女，正迷惘的看著小焰，像是在說「到底怎麼回事」的模樣。

「咦？羅剎惡鬼們都不見了？他們……去哪了？」

數秒間，河面上只剩平靜的微風迴盪著，趁勢作亂的惡鬼們像是蒸發一樣，不留任何一點痕跡。

「妳……妳真的什麼都不記得了？」

「嗯唔……」

玲愛搔著頭，帶著不安的情緒回頭望著熟睡的貓人，淡淡的說：「我只記得客人救我，把我拉回船裡，我想當時我應該是昏過去了，完全沒有印象……」

「嗯……記不起來沒關係啦！起碼我們都安全了，先回到陸地上再說吧！」

小焰將準備說出「玲愛發生荒誕的行徑」吞回喉嚨裡，這種大事是該向閻婆婆回報才行，這是她跟蹤所要的結果。

「說的也是……」玲愛疲憊的站起身，緩緩的看著遠方水平線沒入的黑色河面，拿起手中的船槳，放入河中繼續划行，只是眼前已經沒有敵人阻止她了。

「怎麼會去那麼久時間，急死人了！」

渡船場一時之間，擠滿了所有人，大家都在爲玲愛祈福，有些人禱告；有些人默唸；有些人緊張的來回踱腳；只有一個人正冷靜的操作著船場的指路燈火，那個人就是萍姊，她不發一語的看著遠方的動靜。

不知過了多久時間，直到遠方出現了微弱的燈光，那是某種物體發出來的燈光，就僅僅那麼一瞬間，萍姊像是搜尋到方位一樣，趕緊把指路燈轉向燈光出現的方向。

「有了！」萍姊開口了，她的表情像是如釋重負，因爲這原本是她的責任，她的宿命，但是玲愛卻替她分擔，此刻的她，已經快要說不出話來了。

「看到了，看到燈光了！是小愛嗎？一定是小愛！絕對是她！」

渡船機構的所有同仁不斷的大喊著，大家正在爲玲愛打氣。

「小愛——」

「小愛——」

看到小愛一邊往渡船場這裡揮手，一邊冷靜的操控小船，所有人已經歡呼了起來，像是打了一場勝仗一樣。

「是小愛、是小愛回來了……」

許多感性的人已經抱在一起痛哭著，只見萍姊靜靜的佇立在強風中，一直注視著玲愛。

「咔！」

船一到了定位，玲愛拋下的繩子，馬上就被老練的船手給固定住船身，大家屏氣凝神的等待客人下來，最起碼要等到客人走後，才能歡呼慶祝。

玲愛看到大家雀躍的神情，也很迫不及待的想要和大家分享，但是她忍了下來，因爲客人還沒走，禮節要顧慮到。她轉頭準備叫醒客人的時候，才發現貓人已經醒來，正起身拿著行李，準備下船。

「客人，行李我幫您拿著。」

船場的人一把就接過行李，另一個人穩穩的拉住貓人肥胖的身軀，讓他順利的下船。貓人像是非常滿意的向在場的所有人九十度鞠躬，表達感謝之意；隨後，他也回頭向玲愛致意著。玲愛也是九十度鞠躬的回禮。

「玲愛，非常謝謝妳。」貓人說完，便拿著行李往街道走了過去。

「等、等一下！你、你……」原本要詢問貓人為何知道自己本名的時候，玲愛已經被熱情的同仁給包圍住了，大家不斷的抱著她、拍拍她的頭、摸摸她的小臉。直到玲愛漸漸穿過人群中，正準備踏上階梯的時候，一個線條優美的身軀擋在她的眼前，那個人就是萍姊，她正用雙斥責的眼神瞪著玲愛。

「萍、萍姊，別這樣，小愛也是因為……」

身為渡船機構的上司大叔，也因為萍姊攝人的眼光，嚇得趕快為玲愛求情。

「你們都給我住嘴！」萍姊一句話，讓所有人都不敢出聲，看著她緩緩的走下階梯，與玲愛四目相對的時候……

「啪！」一聲清脆的巴掌聲傳來。

玲愛的左臉留下了萍姊的手印，臉部也因此轉向一邊，她閉著眼睛哽咽著，卻不是因爲痛而哭，而是感受到一種母愛的關懷，才有的情緒；只有母親才會再妳犯錯的時候打妳，不是要人記住痛而想到教訓，而是要讓人知道此刻的痛，是一位母親心中所受到的煎熬。

「妳怎麼這麼的……」

萍姊正要再打一次玲愛的時候，手舉在半空中，就已經發抖不止，因爲萍姊眼淚早已經潰堤，糾結的表情，咬著下唇，一個箭步，將玲愛抱在懷裡。此時周圍才傳來大家的歡呼聲不絕於耳……但是，有個聲音最清楚不過了……

「歡迎回家，小愛……」

才剛受到英雄式歡迎的玲愛，原本還想要繼續值班下去，卻被萍姊給喝止住了，她吼出了「身爲一個病人就該好好躺在床上休養」這句話，便把玲愛拖回去渡船機構的女性宿舍裡，要她好好的睡上一覺什麼也不要管。

「妳真是受歡迎啊！真讓人忌妒。」

回到房間後，小焰立刻就從玲愛的領口中爬了出來，揮動著翅膀著地。

「沒、沒有啦！有一半是托妳的福，真是謝謝妳了。」

「哈、哈啾！」

小焰像是受到風寒一樣，打了個噴嚏，表情有些呆滯的看著自己流出來的鼻涕。

「小焰，妳感冒了嗎？」

玲愛緊張的抹去小焰的鼻涕，一邊摸著她的額頭。

「好、好燙啊！小焰，妳沒事吧？」

「泡了一整天的水有點難過……但是，今天是我要回到閻婆婆身邊交差的時間……」

「但是妳身體狀況那麼差，還能施展魔法嗎？」

「我的魔力早用完了，妳以爲我在小船上幫妳清理積水的時候，那個小小的身軀哪裡承受得住小勺子的重量，都是本小姐用自己的魔力才能運作起來……而我的生命是靠魔力維持的，最多只能撐到今天凌晨十二點……」

小焰嘶著嘴，一邊搖搖晃晃的說，看來病得不輕。

「超過了會……」

「灰飛煙滅……」

「什麼？對不起……都是因爲……」

「咚、咚、咚——」木造樓梯傳來了有人上樓的聲音。

「妳、妳還不快找地方讓我躲起來！」小焰想揮動翅膀，才發現已經全身無力了癱坐在地上。

「小愛？我不是叫妳好好休息，怎麼還在聊天？」

萍姊的聲音傳來，玲愛像是下定決心一樣，回頭對著小焰說：「小焰相信我，萍姊是個好人，而且她是我們這裡的萬事通，她一定知道不走大門可以進到黃泉城裡面的方法，這樣子妳才有機會回到閻婆婆身邊。」

小焰看著玲愛堅定的眼神，只好閉上眼，無奈的點點頭，誰叫自己太大意把魔力消耗怠盡，現在也只能聽從她的話。

從階梯口探出頭的萍姊，一看玲愛白皙的大腿直挺挺站在床前，立刻皺緊眉頭的走了上來。

「小愛！我就知道妳還不好好休息。妳看看妳！全身濕透了還不趕快換衣服！……

嗯！小愛，妳的手上怎麼有布娃娃？」

玲愛手上正抱著的小焰，眼神突然眨了眨的看著萍姊。

「萍姊……請妳冷靜的聽我說，其實她是……」

「呀——啊——」

路上經過的行人們，都突然被渡船機構女性宿舍的震天尖叫給嚇傻住了，每個人都用驚嚇的神情看著，以爲裡面是出現什麼駭人怪物一樣。

「萍姊，怎麼了？」

「萍姊發生什麼事了？」

一堆女人一聽萍姊的尖叫，個個衝上樓去救援，有人拿掃把、有人拿菜刀、有人正在掃廁所，就地拿著馬桶疏通器衝了上來，大家把寢室擠得水洩不通的看著玲愛她們。

「我說的事情就是這樣……所以，我想請問大家，有沒有辦法可以進去黃泉城內，我要護送小焰回去。」

「但是她可是閻婆婆的使者啊……」聽著玲愛的解釋，大家開始交頭接耳、議論紛紛，似乎是在詢問哪種方法比較有效，或是誰有認識城內達官顯貴之類的話。但是結論很快就出來，若是真有辦法進入黃泉城的話，大家就不用在這裡死命的工作了，所以大家只好絞盡腦汁的提供意見。

「請凱特醫生幫忙？」

「對耶！可以請凱特醫生……」

「這個方法不行，」一個年輕女人說：「我們連絡凱特醫生都是用書信連絡的，等到大門守衛收了我們的信，再寄到凱特醫生那裡，早已經過了凌晨十二點了……」

「那怎麼辦？我們把所有錢湊一湊，看能不能請守衛通融一下？」

「不行啦！大門那些守衛都是閻婆婆的手下，況且我們手上的那些金幣都是閻婆婆魔法做出來產物，守衛根本看不上，除非有什麼稀世珍寶的話，還有可能……」

「等等！」萍姊咬著食指，那種感覺像是想到辦法，但是卻不想執行的那種感覺。但是時間一分一秒的過去，玲愛手上抱著的精靈已經臉色慘白、目光渙散，現在一刻也不容緩了！

「有條路……我以前曾經想要偷渡過去，但是那裡充滿了危險……那條看似沒有出口的『墜落之路』，其實是通往閻婆婆『龍胃城』庭院的地方……」

「不、不行啦！萍姊，妳是讓小愛去送死嗎？那裡都是羅刹設下的陷阱，是來捕捉想要偷渡過去的人們……」

「妳們住口，決定權是在小愛身上，要不要去也是由她來決定……」

萍姊用堅定的眼神望著玲愛，只要她稍微露出膽怯的目光，萍姊就會阻止她前往，因爲走向那裡，通常都是走投無路、抱著視死如歸的想法的人，才會冒險過去。

「爲了小焰，我願意冒這個險！」玲愛意志堅定的目光，直視著萍姊。

「小愛，妳瘋了啊！爲了閻婆婆手下的爪牙如此賣命做什麼……」

「好！跟我走！」萍姊不管周圍發出的抗議聲浪，一手抓住了玲愛的手，往樓下奔去，樓梯被兩人踏得「嘎吱嘎吱」作響，身旁的人群，都立刻往兩側閃避，這種動作猶如發狂的野牛一樣，不經思考一意孤行。

「妳現在後悔還來得及！」萍姊一邊急喘的大喊著，一邊拉著玲愛往一處不知名的小路過去。

「呼……我、我不會後悔的，如果……呼……如果這是命運的話，躲也躲不掉不是嗎？」已經滿頭大汗的玲愛，斗大的汗珠滴向未乾的黑色制服上。

「我就是討厭妳這種個性！」萍姊突然停下腳步，回頭瞪著玲愛怒罵說：「妳這種天真的個性……太像以前的我了，我不能讓妳跟我走一樣的道路，那是一條……眾叛親離的不歸路。妳看到的我，我的堅強、我的霸道、強悍……都是走錯路後，才學到的教訓。其實我是個懦弱的女人，我比妳愛哭，當我想哭的時候，我會選擇用酒精麻痺自己，講白一點……我只是在逃避剩下來的日子。唯一能讓我偽裝的地方，也只剩下渡船機構的那些傻女孩們……」

萍姊的眼淚已經撲簌簌的落了下來，面對萍姊像是對自己做離別的告白一樣，紅著眼眶的玲愛走向前抱著萍姊輕聲的說：「我一定……一定會活下來的，到時候，萍姊的懦弱，就由我一起來分擔吧！」

「唔……妳走吧！……順著那條走下去，就是『墜落之路』了，記住『看到的路不是真的；真的路是看不到的』的這句話，我相信依妳反應能力，絕對可以掌握這個訣竅，畢竟妳都能在奈落河起強風的時候，獨自把客人安全送達，這點小事難不倒妳的。」

萍姊食指指著前方，一邊把燈火掛在食指的指頭上，將頭背對著玲愛，似乎是不想讓她看到自己不捨的眼淚。

「……再見了。」玲愛輕聲的說完，拿走萍姊手中的燈火，就往一個看似懸崖的地方跳了下去。

「咚！」

著地的麻痺感從玲愛的腳部傳達到大腦，此刻的她只能咬牙站了起來，繼續往前方的道路跑去。路上的餘光越來越弱，大概已經離開街道有一段距離了，只能靠著手中的燈火微光照亮前方的路線。

這時候出現了叉路，一條崎嶇無比、僅能單人通行的路，跟一條廣大、看似非常好走的路線……玲愛看著衣領中昏睡的小焰一眼，蹲下來撿起地上的石頭，往廣大的道路丟去，「咚、咚」碎石的落地聲出現，沒多久……「啪」的一聲，一雙黏稠的怪手從懸崖下伸了上來，一把就淹沒了道路。

雙眼瞪得很大的玲愛，被如此的景象嚇到，趕緊調整一下呼吸節奏直到平靜後，往那條崎嶇無比的道路過去，雙腳小心翼翼的並攏，像螃蟹般的橫移著，連呼吸都特別小心，只要一個失誤，就有可能重心不穩跌下懸崖。

「唏、唏……」

碎石不斷的落下，越走下去腳底下能踏的面積就越來越小，直到最後的路段，能踏上的石塊也只剩下玲愛腳下的皮鞋一半面積而已；汗珠不斷的滴了下來，卻要忍住的擦掉它的衝動，因爲做這種多餘的動作，只會讓自己徒增失誤的危險。一步……接著橫移一步，搖晃的燈火照射地上的石塊，讓人多了不確定感，但是猶豫的越久，專注力就消耗的越快，拖拖拉拉的情況下，也有可能會超過救活小焰的時間。

「呼……呼……通、通過了……」玲愛跪在安全的地上，大口喘著氣，但時間已經不多了，她只好提起精神抬起燈火照亮眼前的路……沒有……前方除了懸崖之外，什麼也沒有，難道是走錯路了嗎？正當玲愛回頭看著自己剛才努力走過來的窄路，不由得腳軟了一下……

「失敗了、失敗了、失敗了、失敗了……」玲愛不斷的搖頭沉浸在自己悲觀情緒中，就算現在回頭找正確的路，也來不及了，時間已經不允許她繼續挑戰下去。突然間，玲愛想起了萍姊所說的「看到的路不是真的，真的路是看不到的」這句話，她抓起地上的散石，丟向前方的懸崖——石頭出現了弧度，墜落到懸崖下。

「不是這裡……」玲愛一連抓了好幾把散石，希望能在最短時間內找出隱藏的道路。石頭穿越了空氣，所以這裡也不是；石頭飛歪了預定位置，但那是懸崖下的氣流所造成的，不能受騙；砂土隨著微風飄揚著，玲愛不放棄的往各處測試著……

「咚、咚……」

一顆石頭在遠方彈跳著，玲愛多撿了幾顆石頭丟了過去，「咚」的一聲彈開來，幾顆石頭穿越過去。此刻已經大概知道眼前這座隱型橋的高度和寬度，但是現在最重要的事情，卻是要做足心理建設才行，而且不能往底下看去，因爲恐懼會影響人的判斷力。

「呼——」玲愛深吸了一口氣，走向懸崖邊，伸出左腳先試試看踩在上面的感覺，用力的踏了幾下後，玲愛站了上去，雙手張開保持平衡，眼睛平視著前方，只靠雙腳踩著內八字的步伐來抓著感覺……「咻——」的怪聲出現，腳下像是傳來振動的感覺，好像是有東西倒下來，玲愛平衡住身軀，慢慢的轉頭望著後方……

原本從正面看不到的隱形石塊，由背面竟然可以看到石塊中含有金屬部分折射出石頭的位置，而且好像有幾顆慢慢的像流星一樣隕落在懸崖裡……玲愛將頭擺正看著遠方約三公里處有個燈光，直到那個位置……都不能停下腳步！玲愛死命奔跑著……

「咔咚——」石塊像是骨牌效應一樣，一顆顆的開始倒塌了，背後傳來巨大的聲響，石塊的振動越來越大，玲愛跑起來都快傾斜一邊了。噁心黏稠的怪手從奈落底層抓了上來，原本就沒有退路可走的玲愛只能使勁力氣的跳過牠可觸及的位置，咬緊牙根的往前跑去。原本就有點弧度的隱形橋，像是受到撞擊一樣，突然的振動，讓玲愛飛躍了起來，一瞬間讓人有漫步在空中的感覺。

玲愛大聲尖叫著：「唔、唔哇哇哇——」

叫聲還沒斷，玲愛就已經跌落在一顆大石頭上，心臟像是快要停止般的看著眼前不到十公尺的終點「龍胃城的庭園」，她高興的搖著小焰，興奮的說：「小焰！快到、快到了！妳看前方！」

小焰只是滿足的笑了笑，已經痛苦得發不出聲音了。玲愛見狀趕緊往最後的路段……一個小坡度的石橋跑了上去，但是踩到一半後，才驚覺到腳下的石頭異常鬆軟，正要回頭的時候，「唰」的一聲，玲愛已經雙腳踩空往懸崖掉下去，連尖叫都還來不及發出來，眼前的「龍胃城」就像慢動作般，越離越遠……

6

「唔……」

玲愛按著頭部，看起來還有些昏眩。她坐起身看著自己身在何處，一間簡陋的小木屋，地板上是劣質的塌塌米，還有些補丁，牆壁上掛著幾件蓑衣和斗笠，就目前的訊息看來，這裡像個農家一樣。

「妳醒了嗎？」一個低沉的老伯伯嗓聲從玲愛身後傳來。

「唔哇——」

一個狐狸面貌，斑白觸鬚的生物正坐著，他一臉和藹的看著受到驚訝的玲愛。

「別怕、別怕，我不是什麼壞人，不會傷害妳們的。」

看著眼前的老狐狸這麼說，但是玲愛依舊警戒心十足，相傳狐狸是種善於撒謊的動物；況且，奈落是個人人口中所說的煉獄，怎麼可能會像黃泉城一樣的平靜呢？

「我還沒有自我介紹，我叫做狐狸爺爺，以前也是居住在黃泉城外的人民，早期因爲寫些批評閻婆婆的稿件，才被變成狐狸這種模樣，嚇到妳了，真是不好意思。」

狐狸爺爺鞠躬道歉。

「我……我叫玲愛，狐狸爺爺您好……」

這個故事講得若有其事的樣子，玲愛覺得自己不是那種擁有看穿對方是不是說謊的超能力者，就這樣的相信對方的話，真不曉得會發生什麼事情來。

「那個……狐狸爺爺，我可以請教您一個問題嗎？」

「當然可以啊！」

「爲什麼您會讓我感覺到沒有那種存在感似的，就好像老爺爺根本不存在這個世界一樣，但是我卻看的到您的那種矛盾感……」

「那是因爲……我吃了奈落所生長的特別植物『琉璃草』，就成了羅刹一族的人了。妳知道羅刹一族的人們，爲了要抓到黃泉城的民眾，所以才種植了這種植物嗎？聽說吃完後，人就沒了重量，也沒了存在感，就算站在一般人身旁，也不會被察覺。所以羅刹一族的人，才可以輕飄飄的浮向上面的世界，去捕食不小心卡在奈落和黃泉之間的人們。」

「怎麼？捕食……」玲愛的表情正在糾結，到底要不要相信眼前的老爺爺。

「這位……應該是妳的朋友吧？」

「……咦?小、小焰!」

小焰躺在狐狸爺爺的身旁，像是睡著般的閉上眼睛，玲愛趕緊挪動身體，湊上前探望。小焰的胸前平穩有規律起伏著，慘白的臉色也已經恢復紅潤，完全看不出失去魔力的後遺症。

「老、老爺爺，您是如何辦到的?她可是閻婆婆用魔力製造出來的生物，應該只有閻婆婆才能救得了她吧!」

「這個嘛……我也不曉得。那孩子也是跟妳一樣，突然的從上面世界掉落到我的房子上，只是原本奄奄一息的她，慢慢的休養一陣子後，竟然就好轉許多。」

玲愛心疼的用手指撫摸著小焰的溫熱的臉頰後，低頭不發一語。

「妳是不是在擔心再也回不去上面世界了?」

「難道有辦法可以回去嗎?」

「有，在還沒有吃到這裡的特別植物以前，只要妳有實體，都可以回到上面世界;但是，一旦吃了植物後，妳就再也無法自行穿透黃泉世界的結界了。」

玲愛聽完這段話後，心中的警戒之心升到最高點，她迅速的退後著，慢慢的與狐狸爺

爺保持相當的距離。

「……所以，你想利用我們的實體帶你回到黃泉世界？」

「嗯！也可以這麼說啦……但是用到『利用』這個字眼，會不會太傷人了點。」

孤狸爺爺搔著頭，滿臉不好意思的說著。

「但是這裡是奈落，這裡充滿了羅刹的惡鬼們，你怎麼可能沒有事情呢？你到底是誰？」

玲愛的眼神不斷的飄動著，長時間的奮鬥，已經讓她對任何事情充滿了戒心。

「唉呀……妳這個女孩到現在還不相信我嗎？不信妳可以打開妳身後的木門……」

玲愛瞄了一眼，右手往身後的木門凹槽伸過去，眼睛依舊盯住狐狸爺爺。「唰啦！」木門被推開了小小空隙，玲愛慢慢的轉頭察看著外頭的動靜，還不時的回頭警戒著。

但，外頭什麼也沒有，除了像是黃昏般的景色和白煙外，就只剩土黃色的石頭和黃土……難道說這世界呈現黃昏般的景色，是因爲黃土的關係嗎？正當玲愛想得入神的時候，門外從底下傳來了聲音，玲愛好奇的尋著聲音的來源看了下去，原來這棟屋子是建築在一座高山上，從外頭的景色看下去，起碼有一千公尺的高度。但是這裡卻沒有風，空氣異常的黏膩，好像有種血液特有的味道從外面飄了進來……突然在玲愛要關上門的時候，出現了一個沾滿血液的人形動物趴在門外！

「唷嚇──」

身上有多處出現黏稠狀傷口的人型怪物，正張牙舞爪的企圖破壞木門，玲愛早已經嚇得往後方倒了下來，只看到人型怪物伸手想要抓住距離牠最近的大腿，慢慢的接近著……正當牠的利爪準備碰到玲愛的皮膚上時，木門「咔嚓」的關了起來，人型怪物的手臂就這樣斷在屋內，但是轉眼間就像煙灰一樣消失。狐狸爺爺像是及時趕到般的喘著氣，一邊揮手示意著要玲愛趕快退離開門邊。

「那、那個是……」

「那些恐怖的生物就是上面世界所害怕的羅刹一族。因爲奈落是個荒無的世界，牠們的靈魂不能轉生，而且還要忍受終生的飢餓這種痛苦。所以，同類相食便是基本常識，如果是黃泉城的居民還是從初始地出發的新生鬼魂落入牠們手中，那就好比山珍海味的食物……」

「……對他們來說，我們只是個食物？」

「待在上面世界的妳，根本不曉得這裡的情況，這裡其實是——閻婆婆的監獄，專門囚禁兇惡的罪犯或是反抗她的份子。而這裡的伙食有一部份就是你們這些想偷渡到黃泉城裡的鬼魂所貢獻的。」

「但是那麼兇狠的羅刹惡鬼爲什麼不會侵襲這裡？」

玲愛仔細觀看屋內的周遭，簡陋是簡陋點，但卻像是沒有受到破壞似的，因爲如此的完美，不禁讓人懷疑。

「這就是我接下來要說的。禁錮在這裡的不全然是犯罪者，有些鬼魂是因爲擁有奇特的能力，讓閻婆婆懼怕被這些鬼取代掉，所以將他們關在這裡……他們是無辜的受害者，從來不曾去想過傷害落難到這裡的黃泉城居民，而是在這裡等待知音人出現，帶著他們逃離這裡……」

「奇特的能力……是指類似閻婆婆的那種魔法嗎？」

「我的確對這屋子施了小小魔法，展開的結界迫使羅刹惡鬼無法靠近這裡。喏……看妳的眼神一定想問我爲什麼擁有這種能力吧？老實說，這就像人類世界一樣，有天才那種異類的存在；換言之，我們這些人就是如此，這樣妳懂了嗎？」

「根據狐狸爺爺的說法，我大概了解，或許小焰的身體能在這裡恢復是因爲您的魔力結界關係，這樣就說的通了。但是……我們真的有辦法回到上面那個世界嗎？」

玲愛走向小焰的身邊坐了下來，將她捧在手中看了看，便往衣領裡放了進去。

「有，從我的屋子出去往北走二十公里的路，那裡有座直達黃泉世界的高山可以回去。但如同我所說的，妳必須背著我一起走，才能利用我的力量保護你們。」

「只要狐狸爺爺能保證小焰安全的話……我就答應背著您離開。」

「喏……這當然沒問題呀！趁那個小生物還有餘力之前，我們得趕快離開這裡。」

狐狸爺爺說完便繞到玲愛的身後，玲愛慢慢的蹲了下來讓狐狸爺爺爬在她的背上，但是那種感覺如同紙張落在背上一樣，絲毫沒有一點沉重感。

狐狸爺爺輕拍了玲愛的肩膀說：「喏！玲愛小妹妹，我們可以出發了。」

玲愛站起身，用不安的眼神回頭偷瞄著背上的狐狸爺爺，隨即將手放在木製大門上，但是手指卻莫名的顫抖著，她的眼神像是害怕結界無法保護他們的安全，沒辦法鼓起勇氣打開這扇沉重的門。

「害怕的話，妳也可以考慮在這跟我一起等待下個奇蹟到來。但是這一等，起碼幾百年的時間，只是不曉得妳能不能接受這個事實而已……」

「不行，小焰在等我帶她回去。而且……席恩也在等我，我不能在這裡浪費時間。」

玲愛像是下定決心一樣，用力的拉開木門，出現在眼前的正是剛才那具羅刹惡鬼，正用貪婪眼神打量著她的全身上下，一眨眼，惡鬼已經迅速的衝上前張口準備咬下她的頭顱……玲愛畏懼的閉上雙眼，等待著她未知的結果。

「鏗錚———」一陣金屬的碰撞聲出現，因爲好奇而睜開雙眼的玲愛，看到惡鬼衝來的位置，有著蜂窩狀的玻璃阻擋著牠靠近。原本撲向他們的惡鬼像是被火灼傷一樣，面向玲愛的身軀被燒得紅透且不斷冒著恐怖的大水泡，一邊尖聲大喊著，瞬間飛離他們的身邊，消失在水平線外。

「唔……好、好厲害！」玲愛張大眼睛，讚嘆的說著。

「這樣，妳就知道爲什麼羅刹惡鬼們不敢冒然接近我的小屋了吧？」

狐狸爺爺舉起右手，食指比著前方的方向，接著說：「接下來，我們往那座高山的方向前進，山的頂端就是回到黃泉世界的出口了。」

「嗯……」玲愛點頭示意後，便往狐狸爺爺所指的方向前進，她抬頭望著那座直衝奈落天際的高山，頂端被白煙覆蓋住，應該說，從這個位置用肉眼是看不到山頂的景色。看到如同「怪物」般的高山，玲愛不由得心糾了一下，那聳峻的高度根本讓人馬上打退堂鼓，而且還不知道那裡有沒有險惡的機關存在。玲愛搖了搖頭，讓自己清醒一點，至少她不想一直待在這裡坐以待斃，只能默默的踏著沉重的腳步前進……

打開凱特婆婆家房門的人，竟然是一隻肥胖的黑貓……

席恩看著眼前的肥大壯碩的黑貓站在跟牠不合比例的大門外，低下身子探頭往裡面看了一下，便側身伸出左手臂將一個偌大的黑色行李箱放到凱特婆婆的屋內後，像是童話故事的巨人要進到小矮人的屋內一樣，非常吃力縮著鮪魚肚想爬進來，但是肥大的臀部已經阻擋牠繼續前進，此時的動作好比一個人類在游自由式般的滑稽。

「需要幫忙嗎？」席恩放下手邊喝到一半的茶杯，走上前關心著。

「不。我可以自己來，謝謝你。」黑貓很有紳士風度的一句話，但是卻改變不了自己的屁股卡在門外的窘境，牠奮力的往裡面前進著，連原本被撐開變形而發出「咔滋」聲響的門框，都像是臣服牠一樣，慢慢恢復成原本的形狀……不，說到實際有變化的東西，其實是黑貓本體才對。因爲牠慢慢縮小的關係，整個身型開始變化成苗條的體態，就連同身上的白色西裝也隨著身軀的變化，而成了非常合身的衣物，這種不科學的質量變化，就算愛因斯坦再世也無法解釋。此時席恩只有一種想法，就是這棟屋子所發出的「禁魔裝置」所造成的結果吧？

原先肥胖的貓人已經在不知不覺中，變成又高又帥的紳士黑貓，他拍了拍身上的灰塵後，右手成握拳狀的放在嘴前乾咳了幾聲，那一雙炯炯有神的眼光正注視著凱特婆婆和席恩。

「好久不見了，凱特婆婆還有我的救命恩人。」黑貓脫下頭上的白色紳士帽，一邊對著凱特婆婆和席恩點頭示意著。

「救命恩人？」席恩轉頭東張西望的搜尋著，他不知道貓人所講的救命恩人是指誰？目光尋完屋內一圈後，席恩遲疑的目光又回到他的身上。

「我講的那個人就是眼前的席恩先生。」

「我？這位貓先生是不是認錯人了啊？」席恩食指指著自己的臉，要他再多加確認一下。

「我想不必再確認了。或許是因爲我變成人型的關係，席恩先生才認不出我來，但是提到我在人間被你的姊姊取的名字『黑喵喵』，想必你應該就不陌生了。」

貓人走上前伸出禮儀的右手，臉帶一抹微笑的說。

「你、你就……你就是我所救的那隻黑貓？」席恩驚訝之餘，還不忘伸出自己的右手搭上貓人的右手，不斷上下搖動著，另一隻手搔著頭感到非常不可思議。

「嗯！在人界的短暫時間，非常感謝你們姊弟倆的照顧，但是對於席恩先生捲入了玲愛小姐的事件之中，我感到無比的慚愧。還有莉絲小姐失去至親的痛苦，我實在無法忍受，所以就提早結束偵查任務回到地獄。」

貓人擺手示意著，要席恩坐下來慢慢的談論這件事情。他看著席恩就座後，自己優雅就座在凱特婆婆的身旁，伸手拿起了婆婆剛才事先準備的奶茶啜飲著。

「那個……貓、貓人先生，我姊姊……現在還好吧？」席恩有些感慨的問著，那種表情像是五味雜陳般的難過，畢竟自己還能不能回到人間，根本無人可以給他一個答案。反倒是莉絲這麼年輕，就要一個人承擔親人死去的回憶，想想自己一時的衝動，還滿自私的。

「請叫我史密斯就好。關於這個問題，失去了席恩先生這個親生弟弟，莉絲小姐絕對是不好受的，所以……我跟凱特婆婆一定會想辦法幫助你回到人間。」

貓人將奶茶一飲而盡，滿意的對著凱特婆婆說：「婆婆謝謝，奶茶依舊很好喝。」

「回去人間世界？怎麼可能？整個地獄世界不是閻婆婆在管理的嗎？就算凱特婆婆會類似的魔法，也沒辦法反抗這個世界的統治者吧？」

聽完席恩的疑問，貓人與凱特婆婆相視而笑，似乎是凱特婆婆所隱藏的事實，還沒讓眼前的男孩知道，所產生的誤會與無知。

「哈哈哈……不好意思、不好意思。難道席恩先生沒有見過閻婆婆嗎？」

貓人發現自己的失禮，低頭掩飾著自己因爲狂笑而露出的牙齒。

「閻婆婆？我有見過，但是這又代表怎麼意思？」

「那……請席恩先生仔細看著凱特婆婆的面貌吧！」

聽完貓人的話，席恩滿臉狐疑的望著凱特婆婆。滿臉的皺紋、慈善的面貌，微笑的時候，眼睛會瞇著像月亮一樣的弧度，如果說有什麼特別之處，大概也只有那個輪廓比較像某個人，簡直是閻婆婆的老化版本……

「啊！難道是……」席恩大叫著，他驚訝的表情和凱特婆婆鎮靜的面容形成了強烈的對比。

「你們所說的閻婆婆，其實是凱特婆婆的妹妹……」貓人一邊解釋著，一邊站起身走向窗邊巡視著，好像在察看有沒有被監聽的危險。

「妹妹？但是凱特婆婆爲什麼……」

「這就是我所要說的重點……」貓人望著天花板，若有所思的說著。

原先這個世界就像是荒蕪大地一樣，沒有任何棲身之地，而下地獄人們都要受到無情的殘殺、吞噬，然後存活下來的鬼魂從被害者慢慢進化成加害者，他們被迫為了生活而殺害無辜的鬼魂。

但是強者們最後終會碰頭的，當時有兩個陣營是這地獄最強大的團體，一個是黃泉；一個是奈落。他們的決戰過後，結果才造就了現在的世界，最終勝利的團體可以依照自己喜好來決定這個世界的面貌，所以，若要說這個地方是凱特婆婆和閻婆婆建立的理想世界，根本不為過。

最後，這裡終究不用第二個統治者，應該是說，凱特婆婆無意跟自己妹妹爭搶這種權力，所以她隱居在這個地方，默默的服務著黃泉城的人們，以後也會一直這樣下去……

「雖然凱特婆婆的妹妹有時候會有些情緒化的行動出現，但是她依舊營造了一個有制度的世界，雖然有那麼一點的不公平……但是這裡的人們保持自我，互相尊重這種法律規範，才是大家所想要的生活，不是嗎？」

「說、說的也是啊……」席恩似乎是對貓人冗長的談話有點消化不良似的，苦笑的表情。

「哎呀呀！不愧是我的使魔，很公平且不帶一絲的奉媚言語，對以前的事情做出正確的說法。」凱特婆婆雙手交叉擺在胸前，和藹的說著。

「所以依照凱特婆婆和史密斯先生所說的，我和玲愛確實有機會可以回去人間世界嗎？」

「到時候我會跟我妹妹求情的，但是……現在最重要的事，就是回到我們先前所談論的話題——『關於玲愛那女孩所引起的異常事件』，才是我派出史密斯到人間世界偵查的主要原因。」

凱特婆婆的眼神突然變得銳利起來了，似乎是對這件事感到特別棘手。

「對了！關於玲愛小姐異常轉生的事情，我正要跟凱特婆婆報告一下……」

凱特婆婆伸出右手阻止了貓人的報告，接著說：「稍早我已經跟那個女孩接觸了，玲愛的記憶我已經記錄在腦中，大概……這女孩跟奈落的領主「羅刹」有關聯，雖然他們已經被封印在地獄世界的底層，但是這兩個世界間的結界總有一天會被打破的……」

「……結界被打破會發生什麼事情？」席恩沉著臉如此的問著，像是想知道結果又怕受到傷害般的矛盾。

「恢復到以前的那個殺戮世界……」

凱特婆婆往窗外看了出去，她的眼神深處彷彿出現那個悲慘過去的暗紅色天空。

7

暗夜的燈光照射著紅色地板而發出了讓人沉醉的折射光線，因爲這種迷人顏色，讓黃泉城內的街道不管什麼時候都有人們上街散步著。而街道也會隨著越來越接近權力的中樞「龍胃城」，而越發遼闊，從另一個不合理的角度看來，街邊的行道樹沒有陽光滋養，依舊健壯的存活下來，大概又是這個世界所擁有的能力——「魔法」所致。

散步的行人偶爾會抬頭望著那城中心宏偉的建築，眼神中不斷閃爍出感謝和敬佩的目光，畢竟讓他們擁有這種環境不全是自己的努力所造成的，而是這棟建物的主人所給予的。如何從黃泉城外的貧民居所進來這裡面，除了努力賺錢外，還要有奉公守法的好表現，才有可能入住這裡面。所以，這些華麗裝飾的建物也是這些行人背後默默耕耘而得到，至少在他們心中會想像自己是閻婆婆眼中的榮譽市民，有這種福利是無可厚非的事情。

雖然說鄙視自己的過去是非常可恥的做法，就好比一個偷竊慣犯長大成爲一個國家領袖後，如何對世人開誠布公來解釋自己的脫序行爲一樣。

沒必要，也沒有理由去談論。城內與城外的人民就是這種對立的存在，就算哪天自己可以脫離貧窮的生活，無情的切斷外面所留下的友誼，也像是稀鬆平常的連續劇般的播放著。人們不管活著、死後的世界總是會有這種想法存在，而閻婆婆就是抓準了人性這種訣竅，建立起制度讓人努力到達他們所嚮往的地方。但這終究只是個謊言，黃泉城內的腹地所能容納的人類有限，到達轉生時間的人數就好比一個老齡化的人類國家一樣。

但是要如何達到這種人數的平衡，其實是有某種潛規則的……

在碧麗輝煌得好比皇宮般的辦公室，閻婆婆正眉頭深鎖的看著手中的文件，畢竟現在城市居住人口已經飽合了，得要慎重的審核才行。

「婆婆，有個鬼魂願意將轉生後的三十五年壽命捐給您，還附帶了生前人間的特殊能力——『歌喉』讓給婆婆，條件看起來滿不錯的樣子，這次的名額就給他如何？」

閻婆婆身邊的侍女走上前將一大疊申請入住黃泉城的文件分類好，然後恭敬的放在她的桌上。

「唔……但是他是男性，我身邊只需要有女性的演奏者存在就好……」閻婆婆若有所思的搖搖頭，像是家財萬貫擺在眼前，卻因爲拿不得，而非常痛苦般的神情拒絕著。

「那……這位呢？她願意將女兒的死後靈魂賣給婆婆當做侍女，還捐贈二十五年的壽命出來？這兩位目前是『出價』最高的鬼魂，其他都是低於平均值，我都預先刷掉了。」

「二十……二十五年而已啊……算了，就這位吧！」

閻婆婆看著桌上的鎮魂球所顯示的數字——「三〇五六」。那正是閻婆婆待在地獄所剩的時日，如果歸零後，閻婆婆也會跟這個世界的鬼魂一樣，強制被轉生回去，而她就失去了這種至高無上的權利。所以能維持住閻婆婆生命來源的方法，則是要靠這些想住進高端世界的鬼魂所先預支下輩子的生命來維持；說白一點，其實就是真正的造物主另有其人，而不是眼前擁有高強法力的閻婆婆。

況且人類所捐贈的三十年生命，卻不是等價換成閻婆婆的所待的時間，而是人類的一年生命才增加她一天的壽命。所以換言之，人口飽合的問題讓自己的壽命入不敷出才是她愁容滿面的主因。

「小焰呢？」閻婆婆拿起了桌上幾張契約書，準備交給小焰才能觸及「真正存在這個世界的主人」，只有祂才能決定這個世界生命輪迴，而閻婆婆只不過是個代言人而已罷了。

「報告閻婆婆，小焰她……她還沒回來……」

「……什麼？那個愛玩的使魔該不會忘記自己不能離開本體（閻婆婆）身邊二十四小時吧！馬上給我派人去找出來！」

閻婆婆憤怒的眼神看著桌上鎮魂球，上面的數字不再顯示她的壽命，取而代之的是小焰所剩下來的四十分鐘左右的壽命。閻婆婆開始焦急的踩著腳，畢竟靈界的使者所召喚的使魔一生只有一個，因爲那是用自己的心臟所錬成的生命體，而使魔的個性也間接反應出施術者心理底層的真實性格，可以說是自己的另一種人格。

「是！閻婆婆！」

侍女著急的跑了出去，只留下焦慮萬分的閻婆婆獨自一人望著鎮魂球，看著渾濁的景象，惡狠狠的說著：「……可惡！到底去哪了？我爲什麼感應不到……這是？」

觀望鎮魂球閻婆婆像是發現什麼似的，緊盯著不放，但是以外人的目光卻看不到什麼東西。「這種東西是瞞不住我的眼睛的！」看似光滑的球體表面，以閻婆婆驚人的視力來看，似乎有一個紅色小點插在鎮魂球的上面。仔細來看，像是一個長條形紅色結晶體已貫穿魔力障壁保護的球體，閻婆婆伸手緩緩的靠了過去，小心翼翼的用食指和姆指去夾取這

個物品。雖然碰觸紅色結晶，但是它插入的深度，緊緊的咬合住球體的表面。閻婆婆還必須將它不斷的轉動才能抽得出來。

「吱——」結晶磨擦球體而發出的聲音，在安靜的房間裡，格外的刺耳。

「……這是？」拿到手上左右觀看的閻婆婆發出了驚訝的叫聲。

「啪滋——」就在閻婆婆檢查紅色晶體的時候，鎮魂球原先被貫穿的地方像是防彈玻璃被射穿一樣，出現如同蜘蛛結網般的破碎痕跡，慢慢延伸到整個球體的周圍，簡直已經快佈滿了整個鎮魂球。

「我的鎮魂球……到底是誰做的？」大發脾氣的閻婆婆，讓整個房間有形體的東西開始腐化，變成黏稠的奇怪汁液，那些物品就像是穿越時空一樣，被壓縮成液態稠體狀，讓人覺得非常噁心。

「我知道了！能做到這件事的人，就只有妳了……把所有人給我集合起來——」閻婆婆大吼著，外頭的侍女們瞬間集合到她的辦公室裡，個個整齊劃一的排列站好，不敢輕舉亂動。她那雙像是能夠看穿人們心思的眼神，正打量著大家，讓所有人如坐針氈般的難過。

「……待會所有人出城外，把那位叫做『玲愛』的女孩給我抓回來！立刻行動！」

閻婆婆如同軍隊的指揮官一樣，一句命令下達，在場所有人開始慌慌張張的跑出辦公室，有些人還因此撞在一起，讓場面更加混亂。

總是顯現出黃昏的奈落世界，在遠處最宏偉的高山上，玲愛正吃力的手腳並用爬上沒有立足點的山壁，她的目光偶爾會不經意的往自己腳下的景色看下去，原先還看得到的巨石已經變成跟螞蟻一樣的大小。

「唏唏——」一移動落腳的地方，碎石就會一塊塊的掉了下去。應該說玲愛雙腳發抖的特別嚴重，立足的地方越來越少，而且越接近交界的地方，根本就是成了一根細長條棒狀的岩石，到那時候，玲愛就得像攀爬電線桿姿勢一樣前進。

「玲愛小妹妹，累了嗎？我想已經快到出口了，再加點油吧！」

背上的狐狸爺爺看著近在眼前的出口，用鼓勵的口吻說著，卻不知道玲愛已經超越自己體能極限，而且……

「……狐狸爺爺，不好意思，我有懼高症……請、請讓我休息一下。」

不小心看到腳下的景色，都會讓自己身陷昏眩的感覺，一種恐懼的心魔不斷往她心裡碰撞著，如同拿刀插進她的心臟一樣，讓人快要喘不過氣來。

「呼——」深呼吸完後，玲愛又繼續往上攀爬著，右手試探性的往石頭突出處左右搖動，然後移動雙腳踩著穩固的石塊前進。

「呱呱……」玲愛的背後發出了像是烏鴉叫喊聲的惡鬼群，直衝黃泉的天際，根本無視她的存在，而且數量越來越多，應該說原本躲藏在岩石中的羅刹惡鬼們都傾巢而出。正當讓人摸不著頭緒的時候，原本無風的環境，像是蝴蝶效應般，突然刮起了大風，不斷的從山底吹了上來，讓害羞的玲愛不得不按住自己的裙子一邊移動著。

「到、到底怎麼回事？」面對眾多的羅刹惡鬼飛往交界地，玲愛感到非常驚訝和不安。

「應該是地獄又來個大人物了吧！」狐狸爺爺像是習以為常一樣，淡淡的說著。

「但是……我的心裡卻不是這麼想的，上面一定發生什麼事情了，我一定要趕快離開這裡才行！」玲愛的心臟快速的跳動著，似乎已經察覺到地獄已經發生了奇怪的事件，更加擔心上面世界的同伴們。

「呼呼唰——」就在此時，玲愛腳底下發出狂風捲動的聲音，如同強烈颱風的風切聲夾雜了奈落土地的黃土向她身上侵襲而來。

「唔哇哇——狐狸爺爺請抓緊啊！我、我快抓不住了！」

玲愛雙手想要抓緊一顆穩固的石頭，卻發現自己的雙腳早就被強風吹離了原位，連掙扎的機會也沒有，就被混濁的沙塵暴捲入天際。

「啊——」玲愛在天旋地轉的景色中胡亂抓著，雙腳因爲踏不到地的恐懼感漸漸蔓延開來，現在的她只能緊抓著胸口的小焰，不斷祈禱著奇蹟出現……

「啪噠！」玲愛發現自己背部像是撞到一個彈簧床一樣，不知道是因爲狐狸爺爺的結界關係，還是已經摔得支離破碎，只剩微弱的痛覺神經在跟她反應著。

等到玲愛回過神的時候，狐狸爺爺走到她的身邊，俯視著躺在地上的玲愛說：「啊——感謝妳啊！我們終於又踏上黃泉的世界了，妳看看天空吧！」

玲愛看著天空的景色，充滿了黃土，而且抖峭的高山林立著，根本就是奈落世界的翻版，不……應該說那個奈落世界已經變成反轉過來，取而代之的是那灰沉沉的奈落天際成爲了落腳的地方，玲愛驚奇的坐起身子四處察看著。

「很神奇吧？如果是沒有實體的惡鬼是不會有這種重心轉換的，牠們不可能立在這個交界處的頂端！」

順著狐狸爺爺手指的方向看去，數以千計的羅刹惡鬼像是卡進地板一樣，只剩下半身不斷在空中擺動著，而上半身應該正在奈落河中獵捕受害者吧！

「我們……真的回來黃泉世界了嗎？但是……」玲愛用力的踏著腳下的結界，如果說真的要離開的話，最起碼也要穿過這面透明結界才算數吧？她用不解的神情望著狐狸爺爺說著。

「因爲摔下奈落的鬼魂會被結界自動除名，所以這堅固的堡壘只能進不能出的裝置，限制了羅刹惡鬼們的行動。相反的，擁有實體的妳，只要對著結界吟唱咒語後，結界將會再度將妳引導回黃泉世界的。」

「但是我根本不會狐狸爺爺所說的咒語魔法……」玲愛摸著透明如同光滑地面的結界，仔細一看，居然有著河川般的東西在腳下流動著，在地獄的家正在這一面牆之外，就差這一步而已……

「哈哈哈！妳忘記我是個結界專家嗎？」狐狸爺爺大笑了起來，一邊走向玲愛身邊，雙手按著她的肩膀接著說：「待會跟著我唸咒語，先將雙手碰觸地面……」

「……這樣嗎？」玲愛照著他的指令，一邊動作著。

「跟著我一起唸『吾在此向汝請願……』」

「吾在此向汝請願……」

「『吾在此向汝立誓，對於阻擋在吾等面前，所有阻擋的事物將以吾及汝之力賜予其同等的……』」

玲愛閉上雙眼，專心的覆誦著狐狸爺爺所告知的咒語，順著抑揚頓挫的聲調，慢慢的感受手指頭有些微的改變，應該說結界像是與她產生了共鳴，她甚至可以感受到結界的震動與它的存在感……

跳動。結界像是有生命般的在她的心中不斷呼吸著，但是隨著咒語，擁有活沛能量的物體，像是安靜的死去一樣，漸漸感受不到了……

「『毀滅！』」

「……小愛不要——」

不知何時，待在玲愛領口的小焰突然驚醒想要阻止她繼續唸下去。

「『毀……滅……』噫？」

玲愛來不及會意過來，不知不覺就跟著狐狸爺爺唸了出來。

地板頓時像是有規則性般的裂開，而那種形狀就像是狐狸爺爺所用的蜂窩狀結界一樣，發出了七彩般顏色，光芒四射的閃爍著，然後漸漸像煙灰般的由玲愛手掌中心向外擴散到奈落整個天空。

「喀咔——」像是玻璃碎掉的聲音，散落在各個地方。

「結界被破壞……黃泉城要失控了……」

小焰碎唸了一下後，便昏厥了過去。還不來及詢問怎麼回事的玲愛，一邊望著腳下的結界化爲灰燼後，整個人像是受到地心引力般的往黃泉世界摔了進去，看著反轉的奈落世界瞬間成了暗紅色的天空，如同煉獄色的熔漿從奈落噴灑出來，周遭的羅剎惡鬼像是流星般的劃破天際穿越進去，毫無忌憚的飛翔著。

玲愛無神的望著這些畫面在她的面前播放著，這個畫面就好像曾經在她的腦海裡重覆過，似曾相識的感覺正佔據她的思緒，盤旋不去悲慘記憶片段像是強制般的逼迫她去觀看……

8

就在結界被破壞的那個時間點，鎮魂球整個內部像是受氣爆般的炸裂，四處飛濺的碎片劃傷了閻婆婆的臉龐，閻婆婆像是嚇傻般不斷的喃喃自語：「……不可能、不可能啊！結界……小焰做出來的結界竟然被……」

靠在華麗的椅子上，久久不發一語的閻婆婆，輕輕的唸了一段咒語。一隻美麗的蝴蝶優雅的停在她的手指上，閻婆婆面無表情對著蝴蝶說：「姊姊……妳所擔心的事情終究發生了。這次再也擋不住，對不起……」

語畢，蝴蝶像是翩翩起舞的往窗外飛出去。

原本寂靜的黃泉世界，頓時像火山爆發一樣，染紅的火光照亮了長年黑夜的天空。一道道紅色流星從奈落河下竄了出來，直衝上去然後墜落下來撞擊地面。

還在熟睡中的黃泉城外的居民，被巨大的聲響給嚇醒，紛紛往門外逃竄出去，卻不知道數以萬計的火球從天而降的落在各個地方。但是真正的危機則是火球所孕育出來的怪物——「羅刹惡鬼」，牠們露出猙獰的面貌，貪婪的血盆大口迅速的撲向毫無反抗能力的鬼魂，狼吞虎嚥的一口吞下所看到的食物。

「救命啊——羅刹惡鬼衝上來了！大家快逃到大門去啊！」

四處的求救聲不絕於耳，大家無不立刻趕到黃泉城外的大門求救著。

「唔哇——救命！」

一個落單的女性被惡鬼撲倒在地，正當閉上眼雙手掩眼等待死亡的時候，一個刺穿臟器的聲響在女性的耳邊響起。她慢慢的睜開眼睛，看著面露猙獰的惡鬼的心臟部位被捅了一個大洞，然後隨著陣風灰飛煙滅、消失怠盡……

「我不是說過嗎？女孩們不能露出嬌弱的表情。」

一個身穿浴衣、留著長髮、身材姣好的女人，纖細的手腕，操弄著比她身高還長的雉刀，解決了眼前恐怖的惡鬼。

「萍、萍姊！」女性欣喜若狂的抱住叫做萍姊的女人。而她的身後也跟隨了許多拿了武器的女人，大家都誓死如歸的望著四周的恐怖景象。

「跟上隊伍，拿把武器保護自己。」萍姊冷靜的分析現在所擁有的優勢，並下達判斷。

「啪噠！」一個噁心的聲音像是從天而降般，身上腐爛的肉塊在落地之後，慢慢剝落下來，隨著腐肉分離，不知名的綠色汁液從傷口流了下來。

「妳們……盡量逃得越遠越好……眼前的惡鬼不是我們可以對付的……」

越是醜陋的怪物，就代表牠的經歷越豐富，萍姊仔細觀察著兇猛的羅剎惡鬼，一邊揮動手勢要所有人趕快逃走。

「啃嚇——」惡鬼仰天狂叫了一聲，隨即用迅雷不及掩耳的動作衝向萍姊的身邊。

「你太小看我了！我可不是……一個軟弱的女人！」

萍姊一個轉身閃避牠的無腦直線攻勢，迴旋踢向惡鬼的膝蓋，脆弱的肉體和骨骼，瞬間就被踢斷。重心不穩的惡鬼往前倒了下去，但是幾近瘋狂的怪物是不會因爲這種小傷而失去攻擊欲望的，反而更加殘暴的揮動著那不合常理的上肢，詭異的三百六十度扭曲身體的利爪砍向萍姊的身上。

「喀——」萍姊雖然持雉刀防禦住了，但是兇狠的力道，依舊把她撞離十公尺遠，身上的衣物也因此磨擦破損，更顯出萍姊的狼狽不堪。

「萍姊，快逃啊！」看到這一幕的同伴們，只能眼睜睜的望著萍姊步履維艱的動作，吃力的擺起戰鬥姿勢來對付惡鬼。但是斷了腿的怪物，卻沒有給她任何機會，僅用單腳的力氣，就可以衝向萍姊的身上。

還來不及反應的結果，萍姊手中的武器被甩向遠處，持刀的右手臂頓時扭曲成反轉的方向，被利爪破壞的肌肉組織，滲出了大量的紅色血液。

「啊——」就在瞬間之後，萍姊才感覺到傷口像是被撕裂般的痛楚，因爲失血過多的關係，全身癱軟的跪在地上，但她依然用盡力氣對著遠方的同伴們大喊著：「別管我！妳們趕快跑！跑越遠越好！」

萍姊的眼眶滿是離別還有痛苦的眼淚，她不斷望著生活多年的姊妹們，但是怪物卻沒不想給她任何多餘的時間去道別。一隻皮肉分離的腿擋住了萍姊的視線，取而代之的是腐敗的臭味靠近鼻腔附近，眼神往上一看，還能看到惡鬼露出訕笑般的表情舔著唇邊。

「……你這個怪物，要吃就吃！我最看不慣你們這種看不起人的嘴臉！」

萍姊用僅存的左手揮出了沉重的勾拳，狠狠的揍向惡鬼的臉頰上。頓時牠的脖子扭曲到一個極限，然後緩緩擺了回來，表情更加憤怒的伸手抓住萍姊的脖子，緊緊的勒住她。

惡鬼享受的張開大嘴，足足有萍姊的兩倍頭部大小，毫無牙齒的怪物，發出腐爛的氣味的牙齦慢慢將萍姊的視線埋入牠的口腔……

此時一個男孩從惡鬼的視線死角衝出，猛力揮拳打碎惡鬼如豆腐渣一樣的腦袋，像漿液般的綠色血水殘留在男孩的手上，他望著被轟飛的惡鬼躺在地上不斷抽搐後，冒著煙灰消失不見。

萍姊像是鬆了一口氣，脆弱的靠在那位男孩身上說：「……太晚來了吧……席恩，不，應該叫你——『黑・瞳』才對。」

「……咦！原來萍、萍姊早就知道了啊？」看著萍姊特別加重語氣的叫喊著身為黑貓時的名字，席恩露出驚嚇的表情，不知如何是好。

「小心——」

就在席恩還在沉醉於英雄救美的時候，身後已經有更多的羅剎惡鬼圍了上來，趁勢撲向背對牠們的席恩。一聲吼叫，尖牙和利爪刺穿了——石頭，應該是說原本惡鬼攻擊路徑是沒錯的，但是就在距離不到二十公分的位置，突然生成一片大小不一的石塊，硬生生的接替席恩被利爪刺穿。

而造成這種結果的主人，是一個穿著白色西裝的貓人，距離席恩和萍姊有一百公尺左右，他正用兩手像是祭拜大地一樣的施法動作，沿途的路線一道道裂石破地而出，如同天然形成的屏障般。

「……史密斯先生！太感謝了啦！」席恩大聲叫喊著。

「請注意一下！我們離開『禁魔裝置』後只能維持本身狀態十五分鐘而已，趕快趁現在將無辜的人們帶到凱特婆婆所做的結界裡面！」

貓人瞬間衝向被自身利爪卡在石塊裡面的惡鬼，快速的揮動他如同拳擊手般的拳頭，那快如閃電的刺拳，飛快的落在惡鬼的臉上，迅速的把牠打成蜂窩化成煙灰消失在風中，隨即又去痛擊圍在人群旁伺機而動的惡鬼們，如入無人之境一樣。

「所有人趕快跟著我走！跟好！」席恩將萍姊的左手搭在他的肩膀上，往黃泉城外牆邊跑過去，牆上有著像是黑洞般的漩渦不斷旋轉著，那裡就是凱特婆婆所做出來的捷徑，通往安全結界裡面。席恩回頭看著背後跟來的人群越來越多，大家都是驚慌失措的模樣，深怕落後別人一步就被惡鬼們拖去活祭五臟廟了。

「萍姊，妳先進去！嗚哇———」席恩正要扶著受重傷的萍姊進到結界裡面的時候，一把像是武士長刀型的武器不知道從哪裡射過來，狠狠的插在結界正中間，使得結界如同被殺死般，發出了令人痛苦的詭異聲音，慢慢恢復原先無機質的城牆。看到逃脫路線被封死的人們，發出了絕望的呼喊聲，大家爭先恐後往反方向四處的逃竄，反而被埋伏在一旁的惡們們生吞到肚子裡。

「大家不要慌！……留在原地！請留在原地不要亂跑！可惡！這把刀到底是……」

席恩不斷大喊著，想要安撫人心，用力想要把插在城牆上的那把武士長刀拔出來，看能不能把結界救回來，但是不管怎麼使力都拔不出來，「唔哇！」手一滑就和萍姊往後跌得四腳朝天。

「席恩先生，現在是怎麼回事？出口呢？」清除完周圍惡鬼的貓人趕來看到牆上的出口不見了，取而代之的是一把武士長刀插在上面，而且閃耀著令人恐懼的紅色光芒。

「怎麼辦？惡鬼數量越來越多了……」

萍姊露出了疼痛的神情，緩緩的起身看著人們附近圍上的惡鬼群，發出不妙的聲音。

「……沒辦法，只能戰鬥了！萍姊拜託妳幫我把人群集合起來！」

席恩正要回頭與貓人做最後的抗爭的時候，插入牆上的武士長刀就這樣憑空的晃著，像是有人去拔取它一樣，緩緩的滑了出來……浮在空中的長刀慢慢轉了一百八十度，尖銳的部份正對準了前方的——「貓人史密斯」的背上……

「咻——」大家還在對眼前怪異荒誕的景像想做些解釋的時候，長刀筆直迅速的往貓人身上刺了過去！

「史密斯先生——」席恩的話還沒來得及傳達到貓人的耳朵，那把武士長刀兇狠的刺向防禦不及的貓人身上，瞬間就把他擊飛到幾十公尺遠，然後撞進木造的屋子裡面。而長刀卻因爲貓人用魔法展開的防護罩反彈的關係，無聲無息的插在地面上……

突然周遭的聲音安靜了下來，連原本焦躁兇狠的惡鬼們都像是逃難般的往四處飛竄著，在一片死寂的地方，只剩人們互相的心跳聲，還有……「噠、噠」的腳步聲，雖然微弱，但是卻在這個詭異的時間點出現，令人想不聽到也難。

隨著那雙像是皮鞋般的「噠噠」聲接近，映入大家眼簾是雙白皙皮膚的雙腳從焚毀的木屋邊走了出來，身上衣物和臉蛋都因爲燈火照射不到，所以無法判定是誰……但是唯一可以確定的，是個「女孩」。

她身上穿著一件制服裙子，那裙子的長短、搖曳的幅度，都讓人熟悉，雖然看不清楚那個女孩的臉，但是……讓人嘴巴有種發苦、乾澀的味道。

「轟——」遠方又有一棟木屋燒了起來，火光照射了過來，女孩的衣著顏色慢慢一目瞭然，一身黑色的制服……黑色的長髮……櫻桃般的嘴唇……清秀的臉龐……唯一改變的，只有女孩的眼神，散發出一種紅色魔力般的眼球，正盯著席恩他們。

「哈——囉——親愛的萍姊姊還有……席恩。」

女孩用種誇張訕笑的嘴臉走到武士長刀前，「鏘」的一聲，輕而易舉的將長刀拔了起來，輕輕的往身後一甩，刀身沾上的貓人的血跡隨即消失在空氣中。

「是……是玲愛！她為什麼要這麼做？」

身旁人們一下子就認出眼前的女孩，再加上她做了令大家匪夷所思的事情，不由得讓所有人開始倒吞口水，幻想著這只是個惡夢。

「……玲愛？……妳、妳在做什麼？」席恩不解的看著眼前叫做玲愛的女孩。

「……我嗎？」玲愛拿起了長刀，像是輕吻它一般的靠近臉頰，一雙嬌媚的眼神注視著刀身反射的自己。

「殺人，殺了你們。不知道這種理由你們能不能接受？」

「蛤？妳到底說什麼！我們的敵人就只有一種，就是在妳身旁的那些羅剎惡鬼們！」

面對玲愛的瘋言瘋語，席恩像是有理說不清般的解釋著，但是言語中卻多了一些不確定感，因爲眼前的女孩已經不再是他認識的那位，口吻、用詞、思想……都不是玲愛會做的事。

「妳真的是我認識的那個玲愛嗎？」萍姊一副不可置信的看著稍早還跟她撒嬌的女孩，現在已經是如此令人頭皮發麻的恐怖女人。

「是呀！難道妳認爲我不是嗎？還是不配叫做玲愛呢？」玲愛用一種非常令人反感的言語回答著。

「別裝蒜了！妳知道我在問些什麼！妳到底爲什麼要這麼做？妳是羅刹那邊的人吧！……既然是……爲什麼、何必跟我們混熟，也不必跟我如此的親暱……我現在想起了妳堅持要去龍胃城找閻婆婆所說的話……什麼要分擔我的脆弱……謊言、滿口謊言！看到妳現在的樣子，非常讓我感到噁心至極！」

萍姊兩眼直瞪著玲愛，歇斯底里的把自己心中想說的話全盤說出，至少在死前還有機會把牢騷發洩一下。

席恩活像是大夢初醒般看著萍姊說：「……妳說的是真的嗎？玲愛是羅刹一族的人？

是那些長相奇怪又愛吃人肉的怪物？」

「呵呵呵！」玲愛突然冷笑了出來，這種機車的笑聲就像是萍姊附身一樣。「席恩，你還是一樣天真啊！」

這句話像是戳到席恩的痛處一樣，他噘起了嘴說：「妳也只是眼球變紅色，話變比較多而已。在我看來，妳依然是個害羞且貧乳的女孩子，妳根本沒有迷失自我，對吧……」

「喔——是嗎？原來如此、原來如此。你們這些話是在拖延我時間吧？」玲愛瞇起了眼睛，就像貓科動物般的觀察周圍動靜，絲毫不想理會席恩的言語挑釁。就在此時，玲愛的背後砸下了一顆巨大的石頭，雖然她早已準備，持刀往巨石中央一揮，原本應該爆碎的石頭竟然像是磁鐵一樣吸住玲愛的長刀，讓她吃力的張開雙腳來支撐巨石的重量。

「席恩先生趁現在——把你身上的『紫蝶晶』取下來！」巨石後方傳來了貓人吃力的聲音。

「我身上哪有什麼『紫蝶晶』啊？……等等，是這、這個嗎？」手足無措的席恩，東張西望的往身上搜尋著，才發現脖子上有凱特婆婆送給他的紫紅色寶石，慌慌張張的從脖子取了下來後，席恩大喊著：「……史密斯先生，這要怎麼用？」

「唔……難道凱特婆婆沒教你使用方法嗎？」

「……啊！……我知道了！是『解放』！」席恩話才剛說完，手中的紫蝶晶就像一個燃燒的小行星一樣，散發出炫麗的七彩光芒之後……又恢復了普通的紫水晶模樣。「這什麼東西啊？一點屁用都沒有！」

席恩毛躁的大喊著，一邊上下甩著結晶，希望它會掉出符合它名字的魔法道具。

「……不是那樣用……是你的距離太遠了，要對準玲愛的身上施放紫蝶晶裡的魔法……快點……我快撐不住了！」

「原來如此！」知道使用方法的席恩，正要往玲愛身上衝過去的時候，「呯」的一聲，貓人與玲愛因爲強烈施法的結果，巨石爆裂發出轟然震耳聲音，讓大家不得不摀起耳朵搜尋藏在煙霧迷漫的兩人。

「咳咳……」出現了一個咳嗽聲，但那個聲調卻不是貓人史密斯的聲音，而是一個年輕少女發出來的。

煙霧慢慢散去，只留下玲愛纖弱的身軀跪在地上，她的頭部朝下搖晃著，似乎因爲剛才的衝擊而產生了暈眩感。但是貓人史密斯卻沒有這麼幸運了，他大字型的躺在地上，一動也不動的姿勢，令人不得不擔憂他的傷勢。

「史密斯先生、史密斯先生……可惡！」席恩用力撥掉眼前殘留的煙幕，筆直的衝向玲愛的身邊。

聽到席恩迅速且帶著憤怒的腳步聲接近，玲愛緩緩的站起身，雙腳不斷發抖的支撐上半身的重量，飄逸的瀏海長髮垂降在她的睫毛上，僅露出些許的暗紅色目光盯著席恩不放。

「玲愛妳這個混蛋！妳是第一個逼我動手的女人！」席恩握緊手中紫蝶晶，發瘋似往玲愛的臉上揮拳過去。拳頭中指的關節像慢動作般的劃過玲愛的右臉頰，僅僅擦過她的皮膚一點，這一拳並不是打歪、打偏，而是玲愛迅速的移動身體側身閃躲的原因。

「唔……呃……」席恩的腰際瞬間拱了起來，他的腹部被玲愛的右膝狠狠的重擊著。胃酸像是要從食道中噴發出來，加上這種力道完全不像是眼前這個瘦弱女子所踢出的威力，讓席恩更加痛苦的往玲愛身上倒了過去，接著非常迅速的三百六十度迴旋踢重擊席恩的頭部，讓他頓時飛離原地有二十幾公尺遠。

玲愛解決了貓人也踹飛席恩，輕輕的說著這句話：「對了，我忘了跟你們自我介紹。」她從容不迫的拍著身上灰塵，優雅的撥著長髮，依然是那個可愛、清秀佳人的女孩，只是眼神散發出讓人恐懼的暗紅色。

她彎腰撿起剛才受到衝擊脫手的武士長刀，微微的抬起右腳，一步一步的接近那些倖存者。

「我叫做玲愛。職業呢……是個殺手，喜歡甜食、也喜歡酸甜的果凍，興趣呢……嗯……好像也是殺人吧？但是，我喜歡『慢．慢．來』這種方式。」

玲愛微笑的接近，沒有做作的笑容，卻有著讓人發麻的氣勢。倖存的人們開始尖叫，想要逃離這裡，場面一片混亂。

「轟呼——」玲愛隨手一揮，人們逃走的地方頓時被劈出了一條長型的缺口，通往奈落裡的缺口裡看去，還有熾熱的岩漿奔騰著。一些來不及停下腳步的人們就這樣往奈落裡掉了進去，莫名的死去。但是生存下來的人，卻要面臨更恐怖的敵人接近，或許選擇投身於岩漿瞬間死去，也好過給敵人折磨到死。

「……玲愛，我當初應該阻止妳的，是我害了妳……也害了大家，但是……」萍姊用剩下來的左手，拿起被灰燼燃燒過的木棒，擺出了戰鬥姿勢。她想在死前，依然做個大家的所尊敬的「領導者」，她不想這麼懦弱的要求玲愛放他們一馬，這不是她的做風，況且眼前這個羅剎派來的殺手，根本就不會放棄這個趕盡殺絕的時機。

玲愛沒有回話，原本訕笑的眼神，慢慢冷酷了起來，她緩緩的變換持刀的姿勢後，準備送她敬愛大姊最後一程。她……其實是擁有感情的，就算恢復了身爲羅剎的記憶，但這世界的回憶根本沒有忘記……只是……只是爲了要終結她那悲慘被詛咒的十四歲生命週期，她不得不這麼做，才有轉機。

「……對不起，這裡對我來說終究只是個過程，我想回到人類世界當個平凡人，這是狐狸領主給我的獎勵，所以……你們必須死。」

玲愛邊說邊掉淚，她將手中的鋒利的刀刃轉向背面，準備以迅速致命的橫砍來終結眼前的生命。

「啪！」玲愛的左腳踝被一雙肥大長滿黑毛的手腕緊緊的抓著。她驚訝的低下頭看著那雙手的主人——「貓人史密斯」全身傷痕累累，加上他的身軀已經過了十五分鐘，而恢復了這個世界所擁有的外型。

「席恩先生——」貓人大喊著，讓玲愛更加警覺的望向席恩最後停留的地方……但是那裡只剩一灘血跡外，怎麼也沒有。正當她左右搜尋目標的時候，一個小小的身軀從她的眼前快速掠過——貓，一隻黑貓飛躍了起來，口中還叼著那顆紫蝶晶與萍姐手中的木棒同時間的飛向玲愛身邊。

「席——恩——」玲愛迅速的反應閃躲開來，正要反擊的時候，「啪」一聲，黑貓口中的紫蝶晶被身後一隻白皙修長的手接住，玲愛猛然回頭——萍姊的左手將紫蝶晶直直往她的心窩插了過去……

「解放！」席恩、貓人史密斯、萍姊三人同時叫喊著。

七彩的光芒從玲愛的身上，一道道的射了出去，玲愛以解脫的眼神望著天空，最後的一道光芒從她的嘴巴裡射下天空後，如同魂魄般的青煙從玲愛的身上飄向黃泉城裡去了，只剩下平凡的靈魂軀殼留在原地，無聲無息的倒在地上。

「呼……呼……」萍姊癱坐在地上，氣喘吁吁的看著眼球翻白的女孩。

「……我們得救了嗎？」殘存的人群裡，有人呼喊著。

「別開心的太早……真正的主謀應該已經進入黃泉城裡面了……」

貓人吃力的用手撐起了身體，一邊看著他自己扭曲變形的雙腿，一邊呢喃的說著。

「萍姊，我們先把傷患和居民帶到安全的地方，之後我們再做打算。」席恩看著自己變爲貓的身軀，只能無奈舔著受傷流血的貓掌。

「也只能這麼做了，那邊的男人們幫忙一下……唔……」萍大聲的往人群裡呼喊著，一邊按著脫臼的右手臂，輕輕發出疼痛的聲音。

「……好痛。」原本翻白眼的玲愛，此時恢復了意識，黑色大大的眼珠子望著四周殘破不堪的景色。坐起身子的她，卻感到全身大部分的痠痛感襲來，讓她不自覺的叫了出來。

「嗚哇！羅剎派來的殺手醒過來了！」原本要過來支援的男人們都嚇得退回去，不斷發抖著。

「……我，對不起……因爲我的私欲……」玲愛低下頭看著多處破損的黑色裙子，小聲的說著，此時的她已經沒有臉面對大家了。

「喂！你們看！玲愛那傢伙好像已經恢復人類的意識了！……可惡啊！剛剛還想殺了我們！不能原諒！走！換我們好好的『折磨』她！」

好幾個男人女人憤怒的撿起地上的碎石頭、木條、鐵器就往玲愛的身上招呼過去，幾個尖銳的物品擊中了玲愛的腦袋，頓時一道紅色的血液從額頭上滑落了下來。

「你們這些白痴瘋了嗎！想也知道玲愛是受到羅刹的控制！」

席恩雖然挺身而出的擋在前面，但是他小小的貓軀根本起不了什麼作用。

「你這個曾經偷看我們洗澡的變態黑貓沒資格說話！」

「我們解決叛徒關你什麼事！」

「叫這女人給我自行了斷，不然不要怪我們不客氣了！」

人們漫天叫罵著，手中的東西也沒有停歇過，不斷的砸向玲愛身上。但她依舊不畏疼痛，直挺挺挨著那些人們無情的攻擊。

「夠了！……我說夠了！」萍姊高亢的聲音阻止了大家憤怒的發洩。「現在做這種秋後算帳的事情有意義嗎？你們知不知道我們現在所居住的世界岌岌可危？齊心合力、大家分工合作去阻止羅刹惡鬼的侵略，才是現在要做的第一要務吧！」

大家聽完萍姊的勸說後，紛紛扔下手中的物品，不斷的交頭接耳交換意見。但是就他人的眼光來看，大家還是害怕成爲羅刹惡鬼們的食物，只想待在這裡坐以待斃。

看著毫無希望的人群們，貓人只好把寄託放在玲愛的身上，說：「……玲愛小姐……

玲愛小姐，請忘記剛才的事情，現在的妳還能做些什麼吧？至少妳應該知道那位『主謀者』的目的，這樣才有辦法阻止這場災難發生……拜託妳，幫忙維持凱特婆婆和閻婆婆所創造的世界。只有這樣，人類死後的靈魂才不會來到如同殺戮戰場的地方重蹈覆轍。」

雖然玲愛不為所動，但是萍姊依舊將她溫暖的左手放在她的頭上，不斷撫摸著，一邊輕輕的說：「現在的萍姊很脆弱，需要一個勇敢的女孩來保護我們……妳一定會答應我，是吧？」

「不管怎麼樣，我一定會跟妳奮戰到底的！」席恩的貓掌拍在玲愛的大腿上。

玲愛緩緩的站起身，默默走了幾步，將插在地上的長刀拔了起來，輕聲的說：「別對我……抱太大期望……雖然我與『主謀者』脫離了契約，可以不再聽命於他，但是，他強大的力量我是最清楚、最明白的人……」

說完，便獨自一人拖著殘破的身軀走向黃泉城的大門。萍姊望著玲愛落寞的背影，只能感慨自己受的傷，不然真想與她一起並肩作戰到最後，但是現實和理想是相違背的，只能獨自嘆氣著。

「唉……那孩子終究只能孤獨的面對這種命運呀……」

「說什麼傻話？這裡還有我啊！」席恩跳上萍姊的大腿上，咬起剛才發揮作用的紫蝶晶項鍊，回頭對著她說：「幫我好好照顧史密斯先生吧！」

席恩迅速的往玲愛走的方向跑了過去。看到這一幕的貓人，面帶微笑的低著頭說：

「竟然跟凱特婆婆所預言的一樣……」

「什、什麼？凱特婆婆說了些什麼嗎？」萍姊好奇的問著，但是貓人終究保持著神祕，直搖頭不便透露任何事情，微笑的躺在地上昏睡過去了。

9

因爲惡鬼襲擊的關係，黃泉城的大門足足被轟破一個大窟窿，上面華麗的裝飾早就被那些不長眼的怪物破壞怠盡，更別想那些被閻婆婆製造出來的看門玩偶會平安無事，八成已經進到那些惡鬼的五臟廟裡去了。

「我覺得我們應該一起行動才對……」

「別跟著我。」

「妳一個人無法擺平的事情，這時候妳就需要一個可靠的男人……」

「別跟著我。」

「妳應該不認識凱特婆婆吧？她是閻婆婆的姊姊，到時候我可以……」

「別跟著我。」

席恩跟在玲愛身後，四肢毛茸茸的腳，交互在擺動著，時而快時而慢，但是他的目光不斷抬頭望著女孩，希望她停下來好好的聽他說話，但是女孩依舊不領情的往城裡中央走過去。

原本紅通通的街道早已經變成崎嶇不堪的道路，碎石橫生，死角也多，讓人不得不擔心成爲廢墟的豪宅裡，會不會有惡鬼突然衝出來攻擊他們。但是顯然這是多餘的擔憂，因爲玲愛本身的氣勢，讓一百公尺內的怪物們不敢靠近，更別說是襲擊這種突發事件。

「……妳的臉色很不好看。雖然我也知道我姊姊莉絲每個月都會有幾天擺出這張臭臉……但是在這個時候……」

玲愛突然停下腳步，轉身瞪著席恩不放。但是那種表情不像是責備，也不是怪他強加女性生理期的狀態在她身上，而是害怕連累到眼前這個無辜男孩。

「怎麼了？我臉上有什麼東西嗎？」

「……」

「……難道是我說錯話了？」

「……拜託你。請別再跟著我了好嗎？接下來的地方不是你們一般鬼魂可以承受得住的，那如同戰場的環境，一不留神就會喪命，我連自己有沒有全身而退的機會都不曉得了，更別說是保護你了！」玲愛生氣的漲紅臉，低下頭如此的說。她的思緒正在腦海中不斷推算著待會必須做的事，已經沒有任何心力放在眼前這個再普通不過的男孩身上。

「啊啊！」席恩像是不服氣的抗議說：「當初要我下來地獄幫妳的也是妳！現在要我滾遠點的也是妳！請妳搞清楚我不是動物，我是人類！我知道現在的自己該做什麼。反之，恢復記憶的妳，什麼想法也不說，像是獨自一人準備赴死一樣……別以爲背負那微不足道的使命，就忘了自己的願望！別跟我否認妳不想再回到人間世界享受那平凡的生活！」

「我背負著黃泉城裡無辜人們的生命，就算最後阻止『主謀者』的行動，我依然無法原諒自己的罪行……這就是我的宿命，一開始就被決定好的結局……」

「我答應過凱特婆婆要陪著妳一起突破這個命運的！不管之後怎麼樣，我一定會帶著妳回到人間世界！」席恩幾近全力的大喊著，他不想再聽到玲愛這種悲觀的想法，況且……

「男人說話的時候……女人有時候靜靜的聽著就好了……」

「……」玲愛吃驚的眼神望著席恩，她不知道眼前只有一身單薄貓軀殼的男孩，爲什麼要說出這麼強人所難的事情。

「哈哈哈……是不是有點太大男人主義了……」席恩不斷用著貓爪搔自己的臉頰。

「……笨蛋。」玲愛露出紅潤的臉頰，小聲的說著。她緩緩的走上前抱起了席恩，將他放在自己的肩膀上。此時席恩才看到遠方應該是有著純白華麗的西方式建築，已經變成烏黑一片，仔細看的話，才能發現原來建物上面已經被烏黑色皮膚的惡鬼們，給包得密不透風，那種感覺就像是螞蟻搬運一隻死去的蟲子一樣，四處的蠕動著，像是在找縫隙好鑽進去享用裡面的大餐。

「那、那是什麼東西啊？」玲愛不理會席恩發出如同慘叫般的驚訝聲，眼神凝重的望著那裡，因爲她感覺的到，那個主謀者正在裡面大開殺戒。

「閻婆婆不好了！羅剎惡鬼們已經攻進來了！」

幾個小侍女慌慌張張在居城裡跑來跑去，除了要一邊安撫這個易怒的老婆婆外，還必須防止自己被闖入的惡鬼給吃下肚。閻婆婆大口喘著氣，憤怒的眼神望著唯一的出入口，只要那隻老狐狸一出現，她必定得使出最一口氣與他拚命。

「啃嚇——」一隻隻惡鬼從出入口衝了進來，幾個還在門外建築防禦工事的侍女瞬間被扯裂成好幾個部份給那些怪物吞下肚去。

「哇——婆婆救命！」幾個侍女眼看守不住了，趕緊退到閻婆婆身邊尋求庇護。但是閻婆婆的狀況比想像中的還糟，自從失去與小焰魔力的聯繫後，整個人的魔力像是漏氣的橡膠船一樣。若是毫無限制的施法，摩力隨時都有可能消耗怠盡而產生魔法反噬，讓自己壽命更快來到臨界值。

十幾隻惡鬼圍攻一個落單的侍女，趁著她手忙腳亂跌了一跤後，迅速的衝上前。「閃開！休想在我的房裡亂來！」

一股強大的力量將那群貪婪成性的惡鬼們絞死，被無形的雙手給擰乾，像極了一條被扭曲的抹布，到死都不成人形。殺紅眼的閻婆婆，因爲這些前仆後繼的怪物把她珍愛的侍女吃得一乾二淨，更加惱怒的想致對方於死地，完全不知道自己上了那隻老狐狸的當。

「……閻婆婆，這些怪物不尋常……」

進來的惡鬼數量越來越多，不斷的逼迫閻婆婆殺了牠們，這種無腦、堆屍體的死法，雖然圍繞在身旁的侍女很快就發現其中的怪異。但是，敵人強迫似的逼著閻婆婆不得不動手，就在她不斷的使用法術將這些如同蝗蟲過境的怪物消滅的時候，一道炙熱的血液從閻婆婆鼻孔裡流了出來……

「咦！婆婆妳流血了……」侍女們正要拿出手帕幫她處理的時候，閻婆婆就這麼突然的往前倒了下去。

「哇！閻婆婆妳沒事吧？怎麼辦、怎麼辦？」

著急的侍女只能害怕的蜷縮在一起，因爲包圍她們的惡鬼已經多到爬滿整間屋子了，這種噁心的怪物不斷的打量著閻婆婆的狀態，雖然讓人感覺很不舒服，但牠們也不急於貿然行動，好像是被指揮似的，讓人更加摸不著頭緒。

「咚咚」一個沉動的腳步聲。

「咚咚」一雙不屬於地獄鬼魂們的腳步聲慢慢走了過來。

好不容易醒過來的閻婆婆，使盡全力的抬起頭看著眼前發出聲響的「男人」。留著說長不長的一頭金髮，清秀的面貌下，有著令人發麻的目光，他緩緩的走上前，居高臨下的睥睨著躺在地上的閻婆婆。幾個貼身侍女爲了要保護她，抱著必死決心衝向金髮男人的身上，想給這個對閻婆婆無禮之人一個教訓……

但是男人只是眼光一掃，侍女手中的武器就飛向房子的另一頭，然後整個的身軀被吸引到男人跟前，倒在他身上的侍女正百般不願意的反抗著，一雙雙憤怒的眼神瞪著眼前的男人。

「啊——多麼倔強的女孩。眼前這麼醜陋衰老的女人值得妳們去保護嗎？還不如好好服侍妳們下一個領主。」

男人鬼魅般的話語，美貌的臉蛋，馬上就讓侍女反抗的心失去了，如同沉醉在戀愛的少女一樣，緊緊黏著男人不放。

「……妳們這些笨蛋別再去送死了。」閻婆婆吃力的說著：「一旦被眼前這個老狐狸的眼神迷惑到，妳們會連整個肉體都失去後，仍會渾然不覺的爲他犧牲奉獻到死。」

「老太婆，不要光講這些危言聳聽的話，我們這麼久沒見面了，難道不該說些感性的問候語嗎？」被閻婆婆稱做老狐狸的男人，用訕笑的眼神說著。

「哼！都活到這把年紀了，少用那張千年前的容貌出來騙人！你要殺就殺，別跟我假惺惺了！」

「啊呀……千年前我這麼的迷戀妳們兩姊妹，想到妳們那秀色可餐的面貌，到現在還令我頭皮發麻……但是，看到妳們現在老態龍鍾的樣子，讓我非常失望，難道妳們都沒有保養皮膚嗎？」老狐狸一臉不可思議的說著，但是一字一句都是針對閻婆婆和凱特婆婆而來。

「你以為我不知道你是靠吸取靈魂來維持自己的容貌嗎？看到你這麼做作不服老的模樣，讓我感到非常噁心！」

聽到閻婆婆這麼不顧他們多年來的「友誼」，男人只好扭著不耐煩的頭部，慢慢的走上前。待在閻婆婆身旁的侍女，無不警戒的擺出戰鬥姿勢，但是，不到一秒的時間，瞬間就倒戈向敵人那裡，轉而攻擊、壓制身旁的侍女們。

「啪！」閻婆婆的頭部被男人重重的踏了上去，而她的身旁已經沒有人可以幫助她了，只剩下他們兩人之間的眼神對峙著。

「把我封印千年，在這裡稱王享樂，妳們不會愧疚嗎？啊！對了，有個東西妳一定很想拿回去吧？」

老狐狸從他的衣領裡取出一個沉睡中的妖精——「小焰」放在自己的掌中，一副把玩的模樣，一邊望著閻婆婆說：「想取回妳的心臟吧？妳一定沒想到自己的心，竟然是這麼不聽話又調皮的小妖精吧？真是諷刺……這妖精根本就是妳年輕時的面貌嘛！真是太可惜、太可惜了。」

「……你到底想說什麼？不要再拐彎抹角了！」

「哈哈哈！現在不是淺顯易懂嗎？這裡的王要換人，而那個人就是這裡的我，取而代之的，換妳們下去那鳥不生蛋的奈落世界享受一下，讓妳們嚐嚐什麼叫做飢寒交迫。」老狐狸笑得非常肆無忌憚，一副已經勝券在握的模樣。

「放開我妹妹！」

男人回頭望著，一陣強風劃破了男人的臉頰，應該說，那陣強風輕而易舉的刺穿他的結界。爬滿整間屋子的惡鬼們，各個都瞬間陷在如同泥沼的牆壁裡面，無法動彈。

「原來是凱特啊！來這裡是來解救自己妹妹的？妳可別忘了！當初應該留在這裡的統治者其實是妳，而不是妳妹妹。是妳那該死的妹妹奪走妳的一切，妳竟然還肯來幫助她？」

「……我從來不曾懷疑過自己妹妹的做法，她用她的方式讓這個世界有它的制度存在，因爲有了這些改變，所以你那千年前的古老作法早就行不通了！換句話說，當時你統治的世界早就與你背道而馳，你的時代早已經過去了！羅刹你根本不配當我們的『造物主』！」

凱特一邊說著，一邊慢慢接近。她的容貌、身型、聲音越來越衰老，就好比躺在地上奄奄一息的闇婆婆一樣，只剩下風中殘燭的老朽身軀支撐著她。

「唷！原來如此啊！妳們的生命是一致的，只要妹妹死了，姊姊的生命也就差不多了……哇！這真是太美妙了！」羅剎一說完話，更加使勁的往闇婆婆頭上重壓下去，那種力道隨時都有可能將腳下的闇婆婆踩成肉醬。闇婆婆傷得越重，凱特婆婆容貌就更加的衰老、疲弱，但她依然不動聲色的觀察羅剎接下來的行動。

「一個只是擁有異能的鬼魂，也想和我一樣擁有使魔的能力，通常下場就是要不斷補充流失的生命……所以凱特，妳現在會有衰老的現象，就是妳妹妹造成的！妳現在還死心塌地的保護她？妳是頭殼壞掉了嗎？」

羅剎誇張的說了這些話，配合著腳的扭動，反而有種令人說不出來的憎惡感。

「我妹妹根本不能跟你這個造物主相比，她統治的世界比你有趣多了！你只是把這個世界營造成殺戮的戰場，這根本只是你的惡趣味罷了！」

「哦！是嗎？」羅剎覺得眼前的女人絕不可能被他成功勸說，而燃起了致命的殺機。正他要將全身的魔力灌輸在腳上，準備給闇婆婆致命一擊的時候……

「咚——」一陣沉悶的聲音從腳下發出來，羅剎低頭一看，閻婆婆全身早已經包覆了無數的岩石抵擋住他的攻擊，而且一部份還化成黏稠的泥漿纏住了羅剎的腳。等到回過神的時候，凱特婆婆已經聚集了全身的魔力，衝向他的身邊，將手中不斷「啪滋啪滋」響的魔力球體擊在羅剎的身上。

「羅——剎——」伴隨著凱特婆婆的吶喊，她的頭髮也一根根的白化、斷裂，一道強烈的白光出現，周圍的人隨即被埋沒在震場的建築中。

「咳咳……」

煙灰慢慢散去，被自己姊姊魔法所救的閻婆婆最先從瓦礫堆中爬了出來，她邊乾咳邊望著四周荒蕪的城市，心裡一陣悽涼。雖然手腳依然沒力，但是她還是咬緊牙根翻弄著成千上萬的碎石，尋找凱特的蹤影。

「喀啦——」一大片碎石落下的聲音。

「……凱特是妳嗎！」

閻婆婆滿臉期待的望向那個從瓦礫中竄出的人影。但笑容隨即變成恐懼的眼神，因爲站起身的，竟然是毫髮無傷的金髮男人，他瀟灑的甩甩頭上的灰塵後，蹲了下來，一手掐住石縫中的人——「凱特婆婆」，她的身軀只剩下枯瘦的身材，像是吐完白絲卻還沒結繭的蠶寶寶一樣。

「……哼？想跟我同歸於盡？可惜妳的威力已經不比千年前的妳了！使出全力的妳，跟使出全力的我來比較，看來我是贏得特別輕鬆啊！凱特……妳萬萬沒想到這個「心臟」（指小焰）可以讓我擁有源源不絕的魔力吧？當妳妹妹為了延續自己生命吸取他人力量的時候，她就要把大部份得到的力量透過這個媒介轉移給我，自己卻只能得到那少許的生命……真是太可笑了！現在妳已經沒有任何價值，我也給過妳一次投誠的機會，所以……妳去死吧！」

羅刹的右手布滿了青筋，要將手中的「玩偶」給捏碎。

「咻」的一聲，如同光速般的照射在羅刹掐住凱特婆婆的手腕上。沒多久，他的手腕出現一道紅色的裂痕，隨即血光一現，整隻手臂被切了下來，但羅刹卻無動於衷，反而露出一陣喜悅的呼喊聲。

「噫……太棒了！果然是我栽培已久的殺手……」

「喀喀！」腳底下的碎瓦片被踏得咯咯作響，慢慢從暗影處走出來的身影，任由手持的長刀劃著地面出現火花。一個黑色長髮的女性用鄙視的眼神看著羅剎，用低而沉重的聲音說：「我已經解開你強加給我的束縛了，現在的你只是我的復仇對象……狐狸爺爺！」

「哇哈哈！玲愛妳認爲是這樣嗎？只要這個『心臟』在我身上，妳就只能臣服於我的腳下，任由我享用妳的身體各個部位……」

羅剎像極了變態般親吻著小焰後，用個無關緊要的眼神望著被砍斷的右手腕。他上下的甩動著，細胞像是快速重生的光影不斷的增生，完整無缺的右手重新出現在玲愛的眼前。玲愛看著眼前強大的敵人，冷汗不由得流了下來，原本就沒有想過會打贏羅剎，現在看來只是徒增一種莫名的失落感。

「……看來這道切痕真是完美啊！」羅剎看著新生長出來的右腕，非常滿意的微笑著，然後隨即轉頭對著玲愛說：「再來，妳想怎樣的死法？」

被羅剎斜眼一瞪，玲愛身軀微微一震，她退後了幾步才擺出戰鬥姿勢，但是接踵而來的恐怖壓力，讓她全身不斷的顫抖著。

「妳不來，那就是我過去囉？」羅剎雙手不斷活動著手腕，一邊慢慢的接近玲愛，十步、九步、八步……越來越接近她的身邊，直到羅剎已經像是一面牆般的站在她的面前時，玲愛才緩緩的抬起沉重的頭部，望著那個充滿邪惡笑容的男人。
就在羅剎伸出雙手準備要捏碎她的腦袋時，一道黑影劃過他們之間，就在這時候，原本露出懼怕面容的玲愛，眼神一變，快速往羅剎的伸出的手腕橫砍過去，隨即翻了幾個後空翻後，蹲在地面上準備下個出招動作。
「啪——」羅剎兩隻手腕落在地上，發出了肉塊碰撞的聲音。
羅剎露出無奈的表情，好像是覺得眼前的女人喜歡做些沒意義的事情，他深吸了一口氣，望著剛才那道黑影——「黑貓」。
「原來是跟這種貨色串通好了，所以才露出這麼破綻百出的表情吸引我的注意力啊……難道你們不知道不管如何費心費力斬斷我的身軀，根本就是……」
「根本就是無濟於事吧？但是沒有小焰的話，你什麼也不是！」
席恩說完話後，慢慢轉向羅剎，故意露出口中的物體「小焰」。羅剎下意識的往自己領口一看，果然被那隻臭黑貓偷走了，隨即露出憤怒的目光。
「你說……我什麼都不是……對吧？」
「席恩快跑啊！」玲愛大吼著，但是卻來不及阻止羅剎眼中射出的豔紅光線射向席恩的身上，隨即一個大爆炸，把玲愛全身的衣物吹得四處飄散著，強大的氣流讓在場所有的人頓時睜不開眼睛，廣大的煙灰散佈在空氣中。

「……席恩，你這笨蛋……」玲愛毫無生氣的神情望著那漸漸散去的煙霧，失落的說著。

一顆石頭「咯」的一聲，從有一定高度的地方落下地面來，煙灰散去的地方出現了蜂窩狀的七彩玻璃，縮成一團的黑貓在這裡面抬起頭看著剛才施法的羅剎……他正露出難得一見的吃驚表情，張大的嘴巴不知道怎樣形容自己的疏失。

「……你這個糟老頭，忘記我這個老太婆的存在了嗎？」席恩和玲愛看著身後的閻婆婆，她使勁力氣的伸出右掌在身前，但是卻沒有感覺到她還有任何餘力可以使用出這種強大的防護罩。閻婆婆一陣失笑的說：「別看我，救你們的人，是你手上的那個小傢伙。」

小焰不知何時，已經睜眼擺出跟閻婆婆一樣的姿勢……對了，那位妖精可是閻婆婆的「心臟」啊！身爲她的主人當然可以對她下達任何指令！包含這種擁有充沛魔力的法術。

「玲愛妳這臭小鬼還在發什麼呆！趁現在攻擊羅剎那老頭子啊！」閻婆婆的心臟掙脫羅剎的束縛，她的也魔力慢慢恢復起來，一聲大吼的提醒發楞的玲愛。

玲愛瞬間將頭擺正注視著眼前可恨的敵人，是他害自己不斷的重生然後回到地獄就是要以這個身軀來接近閻婆婆，要她找機會進入閻婆婆的祕密房間，趁機破壞鎮魂球，好讓羅刹一族可以解開封印闖進來，爲了造成這種混亂好消耗閻婆婆身上的魔力，這費時千年的計劃……非常的完美……

但，這一切的轉機，是她無意間碰到了那個什麼都不懂，卻愛說大道理、又愛逞強的男孩身上，是這男孩給她這個機會可以自己伸手結束這場千年來的悲劇……

「……結束了。」玲愛長刀已經往羅刹的身上橫砍了過去……

「喀嚓！」原以爲會順利的將羅刹一擊必殺的攻擊，卻被他殘存的結界給擋了下來，玲愛驚訝的望著眼前金髮的男人，他的臉部像是在說「早知道妳會在這個時候攻擊我」的模樣。

「啃嚇——」無數隻的惡鬼們從四面八方襲來，而玲愛的刀連同手腕都被這個強大的結界給吸引住，讓她動也不是退守也不行，只能眼巴巴的看著那些惡鬼撲向自己身上。

玲愛原本喜悅的心情頓時落入深淵的谷裡，只能從眼球裡，望著那慢動作張牙舞爪的怪物伸出尖銳的獠牙衝了過來……

10

閉上眼睛的那一瞬間，以為自己的所害怕的末日到來，但是一個溫暖的聲音微弱的掠過我的腦海裡，我四處搜尋著那個聲音，一邊在黑暗中不斷爬行著，突然一個光芒出現在我的身前，我遮著強烈的光芒，迎面而去……光芒的輕聲話語好像要跟我說話一樣，一邊踏著蹣跚腳步，一邊往那個聲音走了過去。

「……不要……」

「不要什麼？」

「不要閉上眼睛……」

「不要閉上？你在說什麼呀？我不是睜開眼睛嗎？」

「……張開……張開……」

「妳這個笨蛋！張開妳的眼睛啊！玲愛！」

瞬間被拉回現實的玲愛，才發現剛才是被狡猾的狐狸爺爺給迷惑住了，張開雙眼的玲愛望向聲音的來源……席恩正咬著那顆灌入凱特婆婆畢生魔力的「紫蝶晶」衝向羅剎的身邊。

「……席恩！」玲愛握緊手中的長刀，嘴角上揚的看著席恩。此時，他們已經忘卻無數撲向他們的惡鬼，不管多少獠牙刺入玲愛體內，但是卻感受不到疼痛了。因爲……她相信席恩一定會趕到她身邊……

紫蝶晶撞在結界上「咯」的一聲，席恩身上冒出了陣陣炙熱火炎，頓時吞沒他那微小的身軀，但是席恩依舊不動聲色，露出貓科牙齒的雙虎牙面帶笑容喊著：「——解放！」一道七彩的光芒射向四面八方，崩潰的結界一片片化成煙灰飛散在玲愛所持的長刀背後，「啊啊啊——」玲愛的長刀筆直的把羅剎斬成一半。

「唔哇哇哇！竟然……妳竟然選擇了這種世界……妳……絕對會後悔的……我也一定……會詛咒妳一輩子的！」

羅剎話說完後，被斬斷的肉身噴出了青黑色的光芒，一股怨氣射向被染成紅色天空的地獄，隨即從羅剎還有其他惡鬼身上鑽出無數道白色霧氣，不斷的往四處飛散的，一邊大喊「解放了！」「我們可以回家了！」這些話。

許多被吞殺的民眾回過神，坐起身子看向玲愛他們。

「大家……大家……都回來了……」玲愛輕聲的喊著，一邊不斷三百六十度環視著四周「死而復生」的人們。

「……幹得好啊！你們這兩位年輕人……」闇婆婆不知何時，已經將虛弱的凱特婆婆揹上背上，站在玲愛的身旁，一同跟她欣賞著四周由紅色的世界恢復成昏暗的天空，是那個她最熟悉的「鬼世界」。那永久的灰暗的地方才是她所嚮往的世界。

「唔……」席恩的手突然震動了起來，一隻疲弱的妖精坐起身子，凝視著這隻手的主人一陣子，隨後馬上就讓小焰瞬間漲紅了雙臉，倒吸了一口氣大叫著：「你這個變態！癡漢！」隨即大咬正在昏睡中的男孩一口。

「唔哇——」席恩瞬間驚醒的跳了起來，滿臉驚慌的望著四周大喊：「誰？是誰攻擊我？……會痛？難道我們還活著嗎？」

不知自己恢復人型的席恩，全身赤裸的面對著一旁的玲愛；第一次看到男人全身脫光面向著她，玲愛頓時耳根發燙只能閉上眼睛低頭不語。

「啊呀呀！不管看幾次都覺得這個年輕的身材真好。」

凱特婆婆微笑的說著，她伸出右手幻化出一件他平常穿的男性制服遞給了席恩。

「幹嘛大驚小怪！妳的裸體我也有看過啊！」席恩一邊穿上了制服後，心有不甘的說著。

「你、你說什麼！你敢把我的……」玲愛漲紅著臉握起一旁的長刀正要揮向席恩的時候，閻婆婆已經擋在他們之間阻止著。

「現在不是給你們兩個鬥嘴的時候，雖然羅刹被消滅了，但是這個世界該有的法律我們不能忘……」

玲愛知道閻婆婆指的是什麼，長吐了一口氣，將手中的刀橫擺在雙掌上，畢恭畢敬的呈給閻婆婆說：「做了這些事情，我知道我也無法殘存下來，所以我絕不會後悔的……但是有一件事情想請求閻婆婆……就是這個男孩……其實他只是受到我的請託才暫時離開人間世界的，所以就請閻婆婆讓他回去吧！」

「妳、妳到底在說什麼傻話啊！我不是說好，我們兩人一定要一起回去人間世界的嗎？凱特婆婆妳不是答應我了！」席恩手足無措的看著凱特婆婆。

「……真是無禮的小鬼！連我敬愛的姊姊你也不打算用敬語啊？我告訴你吧！這裡的

規矩就是這樣，玲愛這女孩我不想見到她了，她就必須死，給我從這個世界消失吧！」閻婆婆用高亢的聲音大喊著。

「你這個瘋婆子！妳不想想玲愛為了這個世界……」

「席恩先生！」一個聲音阻止了他再繼續說下去，轉過頭來，才看到渡船機構的大家和那位擁有姣好身材的萍姊，正扶著貓人史密斯走了過來。

「閻婆婆的意思很清楚了……」貓人微笑的說著，但是席恩依舊歪頭不解的看著他們。

「……閻婆婆的意思是指玲愛不要留在這裡了，準備趕她回人間世界，我說是吧？」萍姊對著玲愛眨了一個媚眼，嘴角露出淺淺的微笑說著。

「哼！正是如此。準備好的話就把你們的屁股翹高吧！我來一個一個把你們踢回人間世界吧！」閻婆婆睜一隻眼閉一隻眼露出不耐煩的口氣說。

「……是、是真的嗎？」玲愛不可置信的望著閻婆婆。

「……趁我還沒改變主意的時候。現在給妳三分鐘說話的時間，有屁就快放吧！」閻婆婆冷冷的說著。

「席恩先生……感謝你救了這個世界。」貓人一跛一跛的走上前與席恩擊拳。

「小意思。」席恩話才剛說話，整顆頭就埋入柔軟的世界裡，一陣陣清香撲鼻而來，他一動也不敢動的等著給他這個「柔軟」擁抱的女人說話。

「……回去那個世界，要好好照顧玲愛那孩子，不然等你死後我絕對不會原諒你，知道嗎？」萍姊小聲的恐嚇完後，隨即將席恩推開來，大剌剌的笑著，然後轉身抱著玲愛不放，一邊撫摸她的頭部，哽咽的聲音從鼻腔裡衝了出來。「……玲愛，一定要好好的過完人生，等妳死後回到這個世界，一定要把那裡有趣的事情跟萍姊分享喔！知道嗎？」

「……嗯！我會的……」玲愛輕聲的回答著。

「席恩、玲愛，待會回去那個世界後，還有一道冒險等著你們，我相信你們一定會克服的。」在閻婆婆背上的凱特婆婆給了兩人一個懷抱後，拍拍兩位的頭說著。

「什麼！還有冒險啊？到底是什麼啊？」席恩大聲的吼著。

「說出來了，就不叫冒險了呀！我相信你可以的！」

凱特婆婆向席恩他們身邊劃了一道美麗的魔法陣之後，一陣強風從地上噴發了出來，慢慢的把他們兩人吹離地面上，飄了起來。這時候昏暗的天空慢慢射出一道白色光芒，像是吸引般的把兩人送回人間世界。

「……大家……」玲愛回頭望著地上的人們不斷的向他們兩人揮手道別，一股悲傷的情緒從她的心中竄了出來。

「啊啊……大家再見了……」席恩則是揮手道別的。

「席恩你這個笨蛋！還說『再見呢！』你是想早點下來陪我解悶嗎？」

地上傳來了萍姊那個豪邁的呼喊聲，席恩只好轉過頭，背對著大家，嘴角上揚的將右手抬起，緩緩的道別……

「咚、咚、咚、咚……」睡夢中，我一直聽到這個聲音，這種木頭的撞擊聲好像某種物品……似乎是人死了以後，會有和尚來敲的莫名其妙旋律的木魚聲。

等等，死了？我死了怎麼可能還會聽到這種聲音呢？我用力的踹著，四周伸手不見五指的黑，而且還冷得要命，讓我使勁全力的想要趕快逃離這裡。

但是我越亂動，外面的木魚聲敲得更響，似乎是嚇到外頭那個誦經的和尚了，此時我朝著露出一點光線的地方猛烈的踢擊著、連踹、狂踹！

「碰——」終於被我踢開了，我趕緊扭動身體想要滑出這個像是冷凍庫的地方，但是卻有個東西不斷阻止我出去，一邊用著像是曲調般的聲音說：「不要戀棧紅塵，速速回去！速速回去！」

「速個頭啦！」我一個重踢，那個東西瞬間飛離我的腳下，我順勢的爬了出來，望著重新踏上人類世界的第一步，心中有股淡淡的憂傷，但是隨即想到玲愛那個女孩也會遇到這個緊急事件，趕緊抬起頭準備離開這裡……

「……席恩？是……是你嗎？」站在我眼前的人，是個女孩子，但是眼睛紅腫到我快認不出來的模樣。但是，她的確是莉絲，是我的姊姊……

「當然。」我給莉絲一個擁抱，這時候我才發現她的身體好溫暖。

「師、師、師父！我兒子活、活起來了！」我看著身旁圍著父母和一些親戚長輩，他們正用雙不可置信的臉打量著我。

「啊！抱歉！我待會再解釋！」我活動了手腳，讓自己冰冷且許久無血液循環的手腳，開始習慣這個回到身體的主人控制，一邊腳步蹣跚的往大門跑了出去。

「不要跑啊！席恩你要去哪裡啊？」

不知過了多久，我的背後傳來了許多人們追逐呼喊的聲音，但是我根本無暇一個一個解釋，沒多久，還有許多輛警車追著我到處跑……最後直昇機、轉播車都來湊熱鬧，加上一個腳力很好的記者跟攝影大哥不斷一邊跑著，一邊實況採訪我。

但是……我根本沒空理他們！

好不容易來到當初調查到的火葬場，依稀記得當初從師長口中問到玲愛要在這裡火化，時間點剛好就在這天，此時就是她火化的時間。

我大聲的闖了進來大喊著：「玲愛在哪裡？誰是玲愛？」

四周辦理喪事的民眾都吃驚的望著我，好像是看到精神病院出來的瘋子來這裡做亂。面對眾人的冷落（其實是被嚇呆了），我只好搜尋著天花板上垂掛的跑馬燈，待會要火葬的名字都會掛在上頭，我睜大眼仔細的看著，還不時甩開身旁湊熱鬧想了解狀況的民眾。

「十七號火葬場……玲愛！找到了！」知道火葬的地點後，我一邊往外頭跑，一邊大喊著：「十七號火葬場在哪裡？告訴我啊！告訴我啊！」

但是直到我找到以後，已經過了十分鐘了……

一進到十七號的屋子裡後，才發現火化的地方顯示著燃燒的時間剩下……五分鐘，也就是說玲愛的身軀已經被燒得一乾二淨了……

我無聲懊悔的蹲了下來，痛苦的抱著頭，不知如何是好。

「嗚……嗚……」我的身旁傳來了一陣痛苦的哭聲，好像想極力忍著，但是還是不小心哭出來的那種聲音。我抬起頭看著發出聲音的那一對夫妻。想必……那就是凱特婆婆給我看過的玲愛回憶裡的雙親，我記得他們上個月才離婚，想不到女兒竟然就在這個時間點離開人世。

「咚！」我用力的搥牆，氣自己不能在第一時間內趕到救下玲愛，但是這個舉動也嚇到正在哭泣的夫妻……他們兩個抬起頭看著我……

「噗滋！」我笑了出來，因爲眼前水腫般的輪廓完全不像玲愛的外貌，讓我不由得佩服玲愛爲什麼會長得這麼可愛。但失禮的動作不能維持太久，我一邊爲玲愛的事情道歉，一邊跟他們解釋著……這一切的種種……「等等，你說的玲愛是誰啊？」

「當然是你們的女兒啊！就在裡面正在燒的那個啊！」我手指著火化機器的裡面。

「胡說八道！你這個臭小子！裡面明明是我年邁的父親！別來這裡觸我們霉頭好不好，我女兒還在讀國中！呸！」男人激動的說著。

「真、真的假的？」

「你說的那個女孩是排在我們後面火化的吧？」

身旁的女人指著牆上的跑馬燈如此的說著。

「……真的耶！對、對不起了！」

正當我丟臉至極的想要衝門口的時候，一隻白皙的手掌壓在我的肩膀上，「她」的長髮輕輕劃過我的臉頰，緩緩的靠在我的肩頭上說著：「……笨蛋，竟然還找錯人。」

我回頭一望，果然是那個女孩，那個面貌我死都不會忘記……不，我已經死了一次，應該是說，做夢也會想到的女孩。

「妳既然逃出來了，也說一聲嘛！」

「……我想測試看看……凱特婆婆說的準不準嘛……」

「什麼？妳這……」

女孩阻止我再說下去，她一個箭步，就緊緊的抱著我說：「歡迎……回家。」

是啊……真的是該歡迎一下，終於回到人間世界。

「嗶嗶嗶……嗶嗶嗶……」耳邊傳來擾人的鬧鐘，我想要起身去按下它，好讓自己再賴床幾分鐘，但是無論我什麼掀開眼前的棉被，卻看不到窗外的陽光與景色，這個灰暗的地方讓我想起我該不會又回到「地獄」了吧？

我慌張的四處拉扯著、亂踢著……結果擋在我眼前的「物體」動了起來了，敞開的衣領，發出「啊——」的伸懶腰聲的莉絲出現在我的面前。

她睡眼惺忪的問著：「這麼早叫我起床幹嘛？」

「……這才是我想問妳的吧？妳沒事躺在我床上幹嘛？」

「跟你一起睡啊！」

「妳到底再說什麼傻話啊！拜託妳有點女人的自覺好不好？」我漲紅了耳根，直冒冷汗的說著。

「……以前都一起洗澡、一起睡覺都沒關係……哈——」莉絲打了一個哈欠，慵懶的走向浴室裡面。

「以前是以前啦！」為了避免莉絲又穿著內衣褲走出浴室，我只好像是無頭蒼蠅一樣，拿了學校的制服穿了上去，匆匆的走下樓去。

「早安啊！席恩，今天起得很早喔！」母親正把平底鍋的煎蛋放進準備好的瓷盤裡，一邊跟我打著招呼。

「……看你們姊弟倆的感情真好，真讓爸爸非常忌妒……」

「噗——」我將口中喝到一半的奶茶噴向父親，瞬間把他的臉和手中的報紙給沾濕了。

「爸……這種像是亂倫的話，千萬別讓我朋友聽到啊！」

我咬著吐司就往門外走出去，準備上回到人間世界的第一天的課。

「不一起吃飯嗎？」母親拿著便當跟了過來。

「不用了，妳跟爸不是請了長假了嗎？今天我們有的是時間相處吧？我現在可要趕到學校跟同學借筆記呢！已經請了快一個月的長假，我怕進度會趕不上。」

我咬下吐司，接過母親替我準備的便當，匆匆忙忙的往學校走了過去。清晨的路上，沒什麼車輛，可能大家都還在睡夢中吧？正當我如此想著時候，一個女孩靠在電線桿上，好像在等人似的，望著她戴著耳掛式耳機，閉上眼，悠閒的哼著歌的模樣，這種生活才是我們回到這個世界最嚮往的。

「嗨！早啊！玲愛小妹妹！」我走上前拍著她的頭後，便往學校的方向繼續前進著。

「……」玲愛睜開眼後，好像生悶氣般的跟著我。「喂！你打算無視我嗎？」

「什麼？今天我們都是第一天復課不是？我好期待跟朋友打籃球的生活喔！」我滿臉笑容的說著。

「……喔！是嗎？」

「幹嘛擺出那麼不高興的臉啊？」

不知不覺，玲愛已經跟我並肩而行。「……我問你，你沒忘記當初說要給你一個願望……這件事吧？」玲愛紅著臉將頭轉向一旁看著馬路上來往的車輛。

「有啊！我記得，所以今天中午妳要請我吃便當。」

「便、便當？這麼難得的願望你竟然只要一個便當？」

「怎麼？要不然再加杯飲料好了？」

「……」玲愛無言的加快腳步走在我面前，我們就這麼不發一語的走了一段路。

「……要不然願望妳就自己說啊！就看妳的心意到哪了！」我無奈的說。

「那我、我……我只好每天陪你上下課……」玲愛臉紅的停下腳步，對著背後的我。

「陪我上下課？不行、不行，被我姊看到我會被殺的！」

玲愛回頭用雙鄙視的眼睛看著我，一邊指著我說：「不然我每天帶便當給你吃。而且是我親手做的喔！」

「不用了啦！這麼麻煩，我們一起到食堂吃飯不就好了。拜託妳提一點比較有誠意的行動好不好，我都感覺不到妳的誠心了！」

玲愛一副快要爆發的模樣看著我，一邊又像是想到非常噁心的畫面，滿臉通紅冒著冷汗大聲的說：「……難道是我的……我們還未成年不能做那種事情！」

「蛤？妳這個看起來這麼清純的女孩，竟然有這麼豐富的想像力啊？真看不出來！就跟妳說請我吃個便當就好了，搞到後面，幹嘛把自己非比尋常的想像力說出來呢？」

「……唔……不然，」轉過頭耳根子都發紅的玲愛，輕輕的說著：「例如……」

「例如什麼？」

「一個女朋友之類東西……」

此時此刻涼風緩緩吹過我們兩人的身邊，我微微的笑著，一邊看著她那正經到不行的目光。

後記

這部《鬼少女》曾在自己的部落格裡寫過類似的短篇集，但是故事卻沒有那麼完整，直到後續得到創作機會的緣份下，它才得已正式地呈現在眾人的目光下。雖然這次的主題可能會有些黑暗，但是我盡量用一些灰諧的寫法去表達想要的內容，並且針對我認爲的生與死去做些區隔。因爲我一直深信著，人的靈魂一定有他的去處、有他的由來，最後終結的時間來臨，那不是結束，而是另一個生命的起源，這一定是人類生生不息的開端。

說著說著，我又把自己非常奇怪的想法加諸於讀者身上了，真要命啊！（笑）

對於這次寫作所遇到的難題，又是偏離自己所預想的大綱（當然我指的寫作是用電腦打字的啊！可是用「寫作」這個詞來說明，作者會覺得自己比較有文藝青年的氣息，所以就容許我用寫作來當做創作的詮釋吧！）。每當寫完每一章節的內容後，總是會回頭仔細思考著「這內容到底吸不吸引人」，或許再加些「特別的元素」下去看看吧！等到實際完成一個段落後，才發現這跟炒菜是一樣的道理，菜太鹹，只好加糖下去補救，糖加太多，這道菜又不是那麼好吃，所以就一直重覆著這種動作……最後，菜完成了，比例看似完美，但是嚐起來口味太重，吃下去又傷胃，所以只好忍痛倒掉了（刪掉了）！

所以留下的故事，可是我精挑細選去無存菁的內容，希望你們會喜歡。而我也會繼續創作新的故事、新的題材、新的構想，把我腦中，那占據80％容量的故事，陸陸續續的展現在大家面前吧！

最後，非常感謝購買此書的你（妳）們，我們下次再會了，謝謝。

二〇一三年五月十三日

MAO

培育文化
奇幻魔法 05

鬼少女

作者 MAO
責任編輯 翁敏貴
美術編輯 劉逸芹
封面/插畫設計師 STARK

出版者 培育文化事業有限公司
信箱 yungjiuh@ms.45.hinet.net
地址 新北市汐止區大同路三段一九四號九樓之一
電話 （02）8647-3663
傳真 （02）8674-3660
劃撥帳號 18669219
CVS代理 美璟文化有限公司
TEL／(02)27239968
FAX／(02)27239668

總經銷：永續圖書有限公司

永續圖書線上購物網
www.foreverbooks.com.tw

法律顧問 方圓法律事務所 涂成樞律師
出版日期 2013年7月

國家圖書館出版品預行編目資料

鬼少女 / Mao著. -- 初版.
-- 新北市 : 培育文化, 民102.07
面 ; 公分. -- (奇幻魔法 ; 5)
ISBN 978-986-5862-11-4(平裝)
859.6 102009403

版權所有，任何形式之翻印，均屬侵權行為
Printed in Taiwan, 2013 All Rights Reserved

※為保障您的權益，每一項資料請務必確實填寫，謝謝！

姓名		性別	□男　□女
生日	年　月　日	年齡	
住宅地址	郵遞區號□□□		
行動電話		E-mail	

學歷

□國小　□國中　□高中、高職　□專科、大學以上　□其他______

職業

□學生　□軍　□公　□教　□工　□商　□金融業

□資訊業　□服務業　□傳播業　□出版業　□自由業　□其他______

謝謝您購買 鬼少女 與我們一起分享讀完本書後的心得。務必留下您的基本資料及電子信箱，使用我們準備的免郵回函寄回，我們每月將抽出一百名回函讀者，寄出精美禮物以及享有生日當月購書優惠！想知道更多更即時的消息，歡迎加入"永續圖書粉絲團"

您也可以使用以下傳真電話或是掃描圖檔寄回本公司電子信箱，謝謝！

傳真電話：(02) 8647-3660　　電子信箱：yungjiuh@ms45.hinet.net

●請針對下列各項目為本書打分數，由高至低5～1分。

	5 4 3 2 1		5 4 3 2 1
1. 內容題材	□□□□□	2. 編排設計	□□□□□
3. 封面設計	□□□□□	4. 文字品質	□□□□□
5. 圖片品質	□□□□□	6. 裝訂印刷	□□□□□

●您購買此書的地點及店名______

●您為何會購買本書？

□被文案吸引　□喜歡封面設計　□親友推薦　□喜歡作者

□網站介紹　□其他______

●您認為什麼因素會影響您購買書籍的慾望？

□價格，並且合理定價是______　□內容文字有足夠吸引力

□作者的知名度　□是否為暢銷書籍　□封面設計、插、漫畫

●請寫下您對編輯部的期望及建議：

★請沿此線剪下傳真、掃描或寄回，謝謝您寶貴的建議！

221-03

新北市汐止區大同路三段194號9樓之1

傳真電話：（02）8647-3660
E-mail：yungjiuh@ms45.hinet.net

廣 告 回 信
基隆郵局登記證
基隆廣字第200132號

培育
文化事業有限公司

讀者專用回函

鬼少女

培養文化育智心靈的好選擇